ハーレクイン文庫

愛を捨てた理由

ペニー・ジョーダン

水間　朋 訳

HARLEQUIN
BUNKO

MISTRESS TO HER HUSBAND

by Penny Jordan

Published by Harlequin Japan, a Division of K.K. HarperCollins Japan, 2024

愛を捨てた理由

◆主要登場人物

ケイト・ヴィンセント……会社員。
オリヴァー…………ケイトの息子。
ローラ…………ケイトの同僚。
キャロル…………ケイトの友人。
ショーン・ハワード………ケイトの元夫。実業家。
アニー・ハーグリーヴズ……ショーンの家政婦。

1

「ねえケイト、きっとびっくりするわよ！　けさあなたが歯医者さんに行っているあいだに、私たち、社長のジョンから聞いたの。この会社、買収されたんですって。明日、新社長が全員を面接しに来るらしいわ！」

ケイト・ヴィンセントは、人もうらやむ長い茶色のまつげをトパーズ色の目の上に伏せ、同僚のローラが興奮して話すのを黙って聞いていた。パートタイムで働きながら修士号を取得し、この会社に入って半年がたつ。履歴書に修士号取得と書けたからこそ、ケイトは今の職に応募する自信が持てた。以前なら、高望みとあきらめただろう。

「で、どこに買収されたの？」ケイトはローラに尋ね、栗《くり》色の長い髪を肩から払った。暑い外から帰った身には、エアコンの冷気がありがたい。

「それがね、ジョンったら、教えてくれないの」優雅でほっそりとしたケイトを見て、ローラは羨望《せんぼう》のため息をもらしそうになった。

今日のケイトは、白いTシャツに焦茶色の麻のスカートという格好だ。そのスカートを買ったときは、ローラも一緒だった。そのときはぱっとしないバーゲン品に思えたのに、こうしてケイトが着ると、なぜか高級品に見える。

「明日までは極秘事項ってことね」ローラは悲しそうな顔をした。「予想してしかるべきだったわ。だって、ジョンはだいぶ前から引退したがっているように見えたもの。だけどまさか売却するなんて。ほら、彼とシーラには子供がいないでしょう? 引退しても、マイアミで悠々自適に暮らせるものね」

ローラの話に耳を傾けながら、ケイトはパソコンを起動させた。特殊な機器を建設会社に納入しているジョンの会社は、大きな成功を収めている。だが、この小さな会社で経理担当役員として働き始めたときから、ケイトはジョンの消極的な経営姿勢に気づいていた。大きな可能性を秘めた事業なのに、ジョンは新規の契約を取ることに熱心でなかった。だから、買収の話にもケイトはさほど驚かなかった。

「これからどうなるのか、みんな心配してるわ」ローラは言葉を続けた。「失業したくないもの」

「買収されるのが悪いこととは限らないわ」ケイトは穏やかに指摘した。「この事業が拡大する見込みは大いにあるし、そうなれば、猫の手も借りたいくらいに仕事が増えるでしょう。新社長が似たような会社をすでに持っていて、この会社を吸収するだけのつもりなら、話は別だけど」

「いやだわ、やめてよ！」ローラは身震いして不安げに言った。「ロイと相談して、家を増築するために住宅ローンの増額を決めたばかりなの」ローラの頬が少し赤くなる。「私たち、子供をつくろうと思って。そうなると、もっと家が広くなければね。だから仕事がなくなるのは何よりも困るの！　そうそう、ジョンが言っていたわ、明日は全員、早く出社してくれって。新社長が八時に来るそうよ」

「八時？」ケイトはディスプレイから顔を上げ、ローラを見やった。ケイトの額にはしわが刻まれていた。「八時に出社しろというの？」

「ええ」

磁器のように透明感のあるケイトの肌が青みを帯びた。朝八時の出社など彼女には無理だった。保育園は八時にしか開かない。八時に出社するには、遅くとも七時半に息子を預けないと間に合わないのだ。ケイトは胃がひきつるのを感じた。

フルタイムで働く母親が仕事と家事を両立させるのは容易ではない。その母親が、父親の分も奮闘しているシングルマザーで、なおかつ子供がいることを会社に隠している場合はなおさらだ。まさに危険な綱渡りをしているようなものだ。

オリヴァーのことを考えただけで、我が子を守ろうとする強い思いがわき、胸を締めつける。

「どうしたの？」ケイトの緊張に気づいて、ローラが声をかけた。

「あの……なんでもないわ」

オリヴァーのことを、ケイトは誰にも言っていない。子供のいる女性、それもシングルマザーの入社に、経営者や社員たちがどんな反応を示すかわからず、不安だったからだ。そのため、面接のとき、息子のことを社長のジョンに言いそびれたのだ。

幼い子供がいる女性の雇用についてジョンが保守的な考えを持っていることを、ケイトは入社してから知った。だが、そのころには自分がこの仕事に向いているのがわかっていたから、息子のことは内緒のままにした。もともと正直な性格なので良心がとがめ、悩んで眠れない夜を過ごしたこともあった。しかし、キャリアを積むにはしかたがない、と自分に言い聞かせてきた。

仕事に慣れた今、せめて物質面では息子に不自由をさせまいとケイトは思う。父親に捨てられなければ享受できた豊かな暮らしに少しでも近づけるように。

あの子の父親！　考えると、吐き気と絶望のまじった怒りに襲われる。その感情には砒《ひ》素《そ》のような毒性があり、自分を捨てた男ではなく、ケイト自身を破壊しかねなかった。

彼のいない今の暮らしのほうが、私とオリヴァーには幸せだわ。たとえ、住宅ローンを払うのがやっとの生活で、しかもその住まいが不便な土地にあるとしても。彼女が買ったコテージは街から数キロの郊外にあり、就学年齢になったときオリヴァーが通うはずの校外養育センターからも遠い。

オリヴァーの養育問題が脳裏をよぎると、魅力的な曲線を描いているケイトの唇が引き結ばれた。私は息子の養育に最も責任のある立場なのに、経済的な事情からそれを満足に果たせないでいる。

彼女の現在の仕事は、キャリアの第一歩にすぎない。息子との暮らしを支えるため、これから一歩、二歩と進んでいくのだ。彼女の部署の部長は二年後に退職する。そのことに、ケイトはひそかな望みをかけていた。仕事で成果を上げれば、ジョンがそのポストに昇進させてくれるかもしれない、と。

ケイトはもうすぐ二十五歳になる。オリヴァーの五歳の誕生日も近かった。あの子の五回目の誕生日、私が彼と別れて五回目の……。自分を苦しめるだけの記憶を、ケイトはあわてて頭から締めだした。やっと得られた心の平穏を乱されるわけにはいかない。

考えるべきは、過去ではなく未来よ！　今回の買収のせいで、昇進の目はなくなるかもしれない。でも、チャンスが広がる可能性だってあるわ。どの取引先に働きかければ受注が増えるかを検討するため、彼女の発案で作成した比較データを見ながら、ケイトは思った。

村の保育園の入口で、ケイトは息子が駆けてくるのを見ていた。彼女の顔を見たとたん、オリヴァーはぱっと顔を輝かせた。いとおしさに胸がいっぱいになる。かがんで息子を抱き上げ、その温かい首筋に顔をうずめて、幼子特有の快い匂《にお》いをかぐ。そうしていると、いかなる犠牲を払おうが、どんなに仕事がつらかろうが、この子のために頑張ろうという気になる。

あたりを見まわし、ケイトはわずかに顔をしかめた。託児室はがらんとしている。ほかの子供は帰ったあとなのだ。彼女がこの村に住むと決めたのは、地域の人たちに囲まれて暮らしていることを、オリヴァーに感じてほしかったからだ。自分には経験できなかったそんな子供時代を息子に送らせたかった。けれど、そのために遠距離通勤を余儀なくされ、その結果、ほかの子供たちが帰ったあとも、息子は遅くまで彼女を待つ羽目になった。

家族が母親一人という環境で我が子を成長させるのはケイトの本意ではない。息子には自分と違う子供時代を過ごさせたかった。愛情に満ちた両親と兄弟がいて、愛され、必要とされていると感じられる子供時代を。愛され、必要とされているという確かな実感を！

ケイトは胸が苦しくなった。もう五年もたつのに、愛を裏切り、拒絶した男を思い出したりするのは、自尊心のかけらもない女だけじゃない？　彼は私に永遠の愛を誓い、子供が欲しい、その子は愛情に恵まれ穏やかに育ってほしいと、私の唇にささやきながら、無《む》垢《く》な体を抱いた。そして私を欺き、心を引き裂き、絶望させて、捨てた。

彼と一緒になるために、ケイトは育ててくれた伯母夫婦にそむき、家族の縁を切られた。もっとも、伯母夫婦がオリヴァーに関心を持つことを期待していたわけではない。彼らが孤児になったケイトを引き取ったのは、愛情ではなく義務感からだった。彼女が欲しくてたまらなかったのは、愛情だったのに。

「オリーは、不安がっていたわよ」

保育士の声には少しとがめるような響きがあり、ケイトの胸はざわめいた。「ええ、ちょっと遅くなりました。バイパスで事故があったんです」

保育士のメアリはふくよかな初老の女性だ。孫のいる彼女は、園児たちからも好かれ、敬愛されている。オリヴァーはケイトによく言う。〝でもね、メアリならこう言うよ……〟

十分後、ケイトは自宅のドアの鍵《かぎ》を開けていた。その小さなコテージは村の真ん中にあり、表側の窓からは鴨《かも》のいる池と野原が見え、家の裏手には細長い庭がある。

オリヴァーはしっかりした体つきで、黒い巻き毛が豊かだ。父親から受け継いだものだが、本人は知らない。

ケイトにとって、息子の父親はすでに存在しない人間だった。それに彼女は、母子《おやこ》の生活のいっさいから父親を排除している。オリヴァーは穏やかな性格で、父親がいないことを自然に受け入れてきた。ところが最近は、父親がいる子といちばん仲よくなったせいで、いろいろ知りたがるようになっている。

ケイトは顔を曇らせた。仲よしの友達が父親と遊んでいるとき、オリヴァーはうらやましそうな目をする。そんなとき、彼女はいたたまれない気持ちになった。

ショーン・ハワードは、メルセデスから降り立って長身の体をのばし、前方の建物を眺めた。

最高級の紳士服店が軒を連ねるサヴィル・ロウであつらえたスーツが彼の体を優雅に包み、たくましすぎるほど広い肩をうまく隠していた。何年か各地の建築現場に駆りだされ、培われた体だ。

彼の汗は、住宅だけでなく、高速道路の建設現場でも流されている。基礎的な教育さえまともに受けられなかった十代のころすでに、ショーンは自分に誓っていた。いつか成功してやる、命令されるより命令する側になってやる、と。

それこそ赤ん坊のころから、ショーンは文字どおり食べるために闘ってきた。ヒッピーの母親に五歳で捨てられ、施設に引き取られた。二十代のころは、昼間は建設現場をはじめさまざまな職場で働き、夜は経済学の学位を取るために勉強した。そして、ゼロから興した建設会社を二千万ポンドで売却して、三十一歳の誕生日を祝った。その気があれば実業界から引退して悠々と暮らせるが、それは彼の生き方ではない。ショーンにはジョンの会社が持つような潜在的な可能性を見抜く力があり、チャンスとあらば全力を尽くして自分のものにしてきた。今、彼は三十五歳だ。

ショーンは、買収したばかりの会社の事業を大幅に拡大する計画を立てていた。計画を成功させるには、積極的で、やる気と野心のあるすぐれた人材が必要だ。この朝、彼は新しい従業員たちにじかに会い、おのおのの能力を評価するつもりでいた。彼らの経歴書に目を通すのはそれからだった。

彼は相当なハンサムだが、今は、鼻から口にかけて走るしわを朝日がくっきりと照らしだし、めったに笑わない厳格さや強靭《きょうじん》な意志をあらわにしていた。いかにもという男っぽさが、本人も苦笑したくなるほどたっぷりと備わっている。それが今、ケルト系特有の濃いブルーの目に表れていた。通りかかった若い女性が足を止め、ほれぼれと彼を見ている。

財をなしてから数年のあいだ、ショーンは極めつけの美女たちに迫られた。若いころの彼なら、彼女たちは見向きもせず、軽蔑《けいべつ》したことだろう。今の自分は昔の自分とはまったく違う。だが、これでもまだ足りないのだろうか？

ショーンは建物へ向かって歩きだした。

ケイトは額が汗ばむのを感じながら、早く変われと信号に念じた。不安で胃がきりきりと痛む。

昨夜、ケイトは日ごろの自負を捨てて、キャロルに、つまり息子のいちばんの親友の母親に、頼み事をした。朝七時半にオリヴァーを預けるから、彼女の息子のジョージと一緒に保育園へ送っていってほしいと。

新社長は、なんだってこんなに早く出社しろと言ったのだろう？　思慮が足りないから？　思いやりがないから？　いずれにせよ、これまでのやり方は通用しそうにない。

信号まで車を走らせたとき、渋滞の原因になっている故障車が見えた。すでに八時を十分過ぎている。しかも、会社まではあと十分かかる。


八時半！　ケイトは歯ぎしりしながら、急いで会社のビルに入った。早歩きから、最後は駆け足になる。まだみんなが会議をしているあいだにジョンのオフィスへ忍びこめるかもしれない。しかし、彼女の望みはすぐに断たれた。ドアが開いて、同僚たちが廊下へ出てきたのだ。

「遅いじゃない！」ケイトに気づいて、ローラがささやいた。「何があったの？」

みんなの前ではさすがに答えにくい。「あとで説明する……」ケイトが口を開いたとき、男性二人がドアから出てきて、彼女は凍りついた。

一人はジョン。もう一人……もう一人は……私の元夫！

「僕には説明してくれるだろうね、たった今？」

私ったら、こんなにも鮮明に覚えていたんだわ。チョコレートのようななめらかさに、冷たさが潜むこの声。みんなの注目を浴びていることに気づいて、ケイトはなんとか衝撃を払いのけようとした。

ジョンが当惑ぎみに口を挟んだ。「ショーン、私が思うに……これはきっと――」

ショーンはジョンの言葉を無視して尊大に命じた。「中へ入るんだ！」彼はドアを開けた状態で、ケイトが自分の前を通って社長室へ入るのを待っていた。

一瞬、二人の視線がからみ、ぶつかり合う。相手より優位に立とうという思惑を秘めて、トパーズ色の目と濃いブルーの目が交錯する。

元夫が、新しいボスだなんて！　なぜ運命はこんな卑劣なまねをするの？

ショーンがほかの女性と暮らすために去ったとき、ケイトは二度と彼に会わずにすむよう祈った。彼にすべてを捧《ささ》げたのに。伯母夫婦にそむいて一緒になり、彼を支え、勇気づけ、愛したのに。だけど、それでも彼には足りなかったのだろう。尽くしたあげくに、私は捨てられた。つまりは、成功した彼にとって私は不釣り合いな女だと判断されたのだ。

ほとんど止まっている呼吸を正常に戻すべきなのに、怖くてできない。大きく息をしたら体が震えだしそうで。だが、そんな弱さをショーンに見せるわけにはいかない。

この挑発的で鮮やかなブルーの目を、私は片時も忘れることがなかった。初めて会ったときも、こんな目で私を見ていた。無視する気ならやってみろ、という目。今の彼を無視する者はいないに違いないが。

ケイトをかばおうとしてジョンが再び口を挟んだ。

「ケイトは非常に――」

「ありがとう、ジョン」ショーンは遮った。「だが、この件は僕が対処する」

彼は断固たる態度でジョンを拒絶し、ケイトが部屋へ入るとドアを閉めた。

「ケイト、だって？」ショーンが険しい口調できいた。「キャシーはどうした？」

ショーンがその名を口にしただけで、おびただしい数の悲しい記憶がよみがえった。彼と出会ったとき、彼女はキャシーと呼ばれていた。〝上品なお嬢さんは僕なんかとは踊れないんだろう〟となじられたときだ。それに、彼の腕に抱かれてダンスフロアへ導かれたときも……。ケイトは、悩ましい記憶を頭から追い払った。

「キャシーですって？」彼女は顎を上げて冷ややかに言い、ぎこちなく笑った。「彼女はもういないわ、ショーン。あなたが破滅させたのよ、あなたが家庭を破壊したときに」

「で、今の名字は？」ショーンも衝撃を受けていた。喉がひりついて声がいくらかかすれていることに彼女は気づくだろうか、と案じる。

「ヴィンセントよ」ケイトは冷ややかに答えた。

「ヴィンセント？」ショーンは鋭い口調で問い返した。

「ええ、そうよ。まさかあなたの名字を使うわけないでしょう？　それに、伯母夫婦の名字も使いたくなかったの。彼らもあなたと同じで、私を望んでいなかったから」

「だから、名前を変えたくて再婚したのか？」

彼の声にさげすみがこもっているのを感じ取り、ケイトの目が怒りに陰った。

「なぜ時間に遅れたんだ？　彼がベッドから出してくれなかったのか？」ショーンが声を荒らげた。

さらなる怒りがわき、ケイトは頬を染めた。「あなたがそうだったからって……」思わず口ごもる。ふいに記憶がよみがえり、彼女は喉をごくりと鳴らした。朝はショーンが起こしてくれた……このうえなく優しいキスで……そして目覚めたあとは……。

記憶が現実をかすませ、体がほてる。ケイトは、防波堤となる現実にすがろうとした。防波堤？　なんの防波堤だというの？　かつてショーンにいだいていた愛はたたきつぶされている。彼自身の手で冷酷に、徹底的に。自尊心がケイトに自分を取り戻させた。ほかの男性と出会い、再婚したと思われているのは、悪くない気分だ。

彼は、あのときの女性と結婚したのだろうか？

ショーンの携帯電話が鳴った。彼はそれに出て顔をしかめ、ケイトに退出を命じた。きびすを返しかけたとき、ケイトは〝ショーン、ダーリン……〟という女性の声をはっきりと聞いた。

ケイトがデスクの片づけをしていると、ローラが入ってきた。「いったい何をしているの？」

「自分のデスクを片づけているのよ」ケイトはそっけなく答えた。「ほかにどう見える?」

「辞めるつもり?」ローラは驚いた。「遅れただけで、解雇されたの?」

ローラの困惑とショックを見て取り、ケイトは苦笑いを浮かべた。「いいえ。まだくびではないけれど、そうなる前に自分から辞めることにしたの」

「まあ、ケイト、だめよ!」ローラがうろたえて反対した。「出だしでつまずいたのはわかるけど、でも……」唇を噛《か》み、いたたまれない顔をする。

気休めを言えない正直な人ね。同僚の困った様子を見てケイトは思い、先を促した。

「でも?」

「きっと彼は、悪く受け取るとか……つらく当たるつもりはなかったと思うの。ただね、あなたはどこにいるのかって、ジョンにきいたのよ」ローラはしぶしぶ打ち明け、あわてて言い添えた。「彼はきっとわかってくれるわ。とても感じがいいし、すごくすてきな人だもの」

感じがいい！　あのショーンが！　ケイトは辛辣《しんらつ》な笑い声をのみこんだ。彼にはいろいろな形容詞が当てはまるけど、〝感じがいい〟と思ったことは一度もなかったわ。出会いのときでさえ。

タフで世慣れた、手に負えないごろつき。あのあざけるようなまなざしだけで、女性をよろめかせ、体の奥の、本人が気づいてもいなかった場所を熱くさせる。そういう男性だった。そして私は……。

顔が燃えるように熱くなり、ケイトはパソコンのスイッチを入れてキーボードをたたき始めた。

「ああ、よかった。考え直してくれたのね」

安堵《あんど》まじりのローラの言葉に、ケイトは首を横に振った。「いいえ、違うわ。退職届を書いているの」

「そんな！」ローラは止めたが、ケイトは意志を曲げなかった。

ケイトは文面を確かめて印刷し、社内郵便のトレイに入れると、ドアへと向かった。

「どこに行くの？」ローラが心配そうに声をかける。

「帰るのよ」ケイトは答えた。「退職届は書いたわ。これでもう社員じゃなくなったから」

「でもケイト、こんな辞め方できるわけないわ……誰にも知らせないなんて」

「できるわよ！」それだけ答え、ケイトはオフィスを静かに出ていった。揺れる思いを懸命に押しつぶしながら。

キャシーがここで働いていたとは！

ショーンは、彼のファイナンシャル・アドバイザーの妻がかけてきた電話を切ると、部屋の中を行ったり来たりした。ディナー・パーティへの誘いの電話だった。彼自身はパーティを開かない。

キャシーと出会うまで、僕はナイフやフォークの使い方さえ知らなかった。ショーンは苦しげに唇をゆがめた。優しく教えてくれたのは彼女だった。僕の荒れてとがった角を丸くしてくれたのは彼女なのだ。それなのに、僕は……。

彼は腹立たしげに窓辺へ歩き、外を眺めた。離婚したあと、彼はキャシーの行方をあえて追わなかった。追ってもしかたがなかったからだ。結婚生活は終わり、彼女には多額の慰謝料を差しだした。キャシーはそれを突き返してきたけれど。誰と再婚したんだろう？いったいいつ？

ショーンはデスクに戻り、まだ目を通していない社員履歴のファイルを取り上げた。

2

ケイトは車から降りながら、運転などすべきではなかったと悔やんだ。頭のてっぺんから爪先まで震えているし、どうやってキャロルの家まで運転してきたのかすら、覚えていない。車を走らせていたときは、怒りと恐怖の波に間断なく襲われながら、消し去りたい記憶をひたすら思い出すまいとしていた。

「ケイト！」

キャロルが急ぎ足でやってきた。ケイトは緊張などしていないという顔でほほ笑んでみせた。

「やけに帰りが早いのね」キャロルはからかうように言った。「新社長との面接がすごくうまくいって、今日は帰ってゆっくりしろとでも言われた？」

ケイトは明るくふるまおうとしたが、感情が高ぶり、唇が震えた。「辞表を出してきたの。どうしようも……なくて……。新社長は……彼は、私の前の夫だったのよ！」涙があふれ、体がひどく震える。ケイトは自分がショック状態にあるのを悟った。

「さあ、中へ入って。そして何もかも話して」

母親のように諭すキャロルの声がキャシーの耳に届いた。

十分後、キャロルは二人分のコーヒーをいれ、お互いの息子の話をしたあとで、優しく言った。「詮索《せんさく》する気はないのよ、ケイト。ただね、胸の中のものを吐きだしたいのなら、私は聞き上手だし、誓って口外はしないわ」

椅子に丸まっているケイトは、黙りこくったまま、マグカップを両手で握り締めている。

キャロルは続けた。「あなたがいやなら、トムにだって内緒にしておくから」

大きく息を吸ってから、ケイトは苦しげにきりだした。「ショーンに出会ったのは、私が十八歳のときよ。伯母夫婦の家の近くで住宅の増築工事があって、彼はそこで働いていたの。暑い夏だったわ。彼、上半身は裸で、体にぴったりの着古したジーンズをはいて仕事を……」

「ふうん、セクシーね。目に浮かぶわ」キャロルはほほ笑んだ。ケイトの口元がわずかだがおかしそうにゆがんだのを見て、キャロルもほっとした。

「私、彼を見たいばかりに、遠まわりしてそこを通るようにしていたの」ケイトは告白した。「彼が気づいているとは思わなかった。でも、ある晩近くのナイトクラブへ行ったら、彼がいて、ダンスに誘われたの。建築現場を通りすぎながら、彼のことをあれこれ想像するのと、生身の彼と接するのとでは、まるで勝手が違ったわ。とにかく怖かった」

キャシーは肩をすくめてキャロルを見た。

「十八歳の、世間知らずなバージンだったたし、彼のむきだしの男っぽさに圧倒されてしまって。悪いことに、彼は私に拒まれると思ったみたいで……」首を左右に振る。「そのときは知らなかったけど、彼も私のように、とても不幸で寂しい子供時代を送ったの。そのせいで、人から見下されているというひがみや、いつか成功してやるとかいう思いが強かった。今だからわかるけど、彼にとって、私はちょっと高嶺《たかね》の花だったのね。勲章みたいな恋人ってところかしら。しばらくはそれでよかったの、私と結婚までしたくらいだから。ところが彼は事業に成功して、そうなると、私は大した勲章ではなくなった。とてつもない財力があれば、もっとすてきなものが手に入ることに気づいたのよ」

つらそうに話すケイトに、キャロルは優しく言った。「彼を、愛していたのね」

「愛して？」ケイトは暗く強いまなざしをキャロルに向けた。「ええ、愛していたわ……分別を忘れて見境なく、それこそばかみたいにね。あのころは、彼も私と同じ気持ちだって信じていたから！」

「まあ、ケイト！」冷たく握り合わされたケイトの両手を、キャロルは自分の手で包んだ。

ケイトは喉元にこみあげる塊をのみこみ、続けた。「私が彼と会っているのを知って、伯母夫婦はかんかんに怒ったわ……とくに伯母は。言い争いをしているうちにわかったの、伯母は私の母を嫌っているんだって。伯母は弟が私の母と結婚したとき、ぞっとしたそうよ。それでね、ショーンと会うのをやめなければ、縁を切るって言われたわ。でも、彼をあきらめられなかった。すごく愛していたの。私のすべてだった！　伯母の話をしたら、ショーンは私を伯母夫婦のところには帰さないって言った。いじめられて、傷つくだけだからと。これからは僕が君の面倒を見るって」ケイトは大きく息を吐いた。「ひと月半後、私たちは結婚したの。例の増築工事は終わっていて、ショーンは次の工事現場に移ることになっていたわ」

その日のことをケイトがまざまざと思い出していることを、キャロルは見て取った。ケイトの疲れた顔に目を向け、椅子から立つ。「ねえ、あなた、顔色が悪いわ。少し休んだら？　私が保育園にオリヴァーを迎えに行って、おやつも食べさせておくから」

ケイトは断りたかった。オリヴァーの体を抱き締め、慰めを得たかったからだ。しかし、それでは息子に申し訳ないし、息子に寄りかかるようでは情けない。だいいち、いろいろとやるべきことがある。まずは新しい仕事を探すこと！

「優しいのね、ありがとう」ケイトは弱々しく礼を言った。

「何を言っているの。あなたが私の立場だったら、きっと同じようにしてくれたに違いないわ」

もちろん、私は同じことをするだろう。キャロルが出ていったあと、ケイトは思った。けれど、実際に頼まれることはおそらくあるまい。キャロルには愛情豊かな夫がいるし、息子のジョージには喜んで面倒を見てくれる二組の祖父母がいる。

でも、オリヴァーには私しかいない。私だけ。そうなの？　ショーンは？　彼はオリヴァーの父親だわ。ケイトは腹立たしかった。

ショーン！

みじめさと絶望感で、全身が重い。私はずっと頑張ってきたのに。会社が元夫に買収されたせいで、経済的な基盤を奪われるなんて、あんまりだ。

ショーンに離婚を言い渡されたあの日以来、彼から慰謝料を受け取らなかった自分に、ケイトは初めて腹を立てた。二百万ポンドという大金を、彼女は突き返した。オリヴァーを身ごもっているとは知らずに。そして、妊娠を知ったあとは心に誓った。あんな冷酷な男にはいっさい何も求めない、と。彼は言ったのだ。気が変わって子供は欲しくなくなったし、もう愛していない妻に縛られたくないと。

ケイトはそのときと同じ苦痛を感じて、身をこわばらせた。もうこんな苦痛とはさよならしなくては。ショーンが結婚生活を破滅させたように、この痛みもとっくに滅ぼしておくべきだったのだ。

彼の言う一語一語を、当時のケイトは信じていた。たとえば、子供が欲しいということ、子供ができたら自分たちが得られなかった親の愛を注ごうということ。彼はどれほど約束しただろう。だが、すべて嘘《うそ》だった。

そして、なんの前ぶれもなく破綻《はたん》が訪れ、ケイトは幸せのもろさを思い知らされた。ついその前の月も、彼女はショーンと二人で、領主館《マナーハウス》を改装したホテルへ行き、夢のように甘い休暇を過ごした。大事な契約の交渉が長引いて夏休みを取れなかった埋め合わせをしたい、という彼の申し出で。

午後遅くに到着した二人は、のんびりとロマンティックな散歩を楽しんだあと、部屋で愛し合った。

だからずいぶん遅い夕食になった。その席で、ショーンは大きな茶色の封筒を差しだした。開けてみると、中身はある司祭館の物件案内だった。ジョージ王朝様式のその美しい司祭館は、数カ月前に二人が車で通りかかった建物だ。

〝君は言っただろう、あんなところに住みたいとずっと思っていた、と〟

ケイトは夢のような気分だった。どんな内装にするか思いをめぐらし、早くも興奮ぎみだった。自分の計画を、ひと部屋ひと部屋、ショーンに話して聞かせた。そして、その夜も翌朝も愛し合い、彼女はショーンの腕の中で眠った。愛の喜びを堪能《たんのう》した彼の隣で、こんなに幸せでいいのかしらと思いながら。

だが、それからひと月足らずのちには、こんな苦しみがあってよいものかとケイトは自問していた。

司祭館を買う話をしていたと思ったら、次の瞬間には、もう君を愛していないから別れようと言う。まるでそんな調子だった。

ケイトは目を閉じ、椅子にもたれた。心も体も疲れきっている。今は、どうやって次の仕事を見つけるかを考えるべきだわ。過去の自分を哀れんだりしていないで。まず就職斡《あっ》旋《せん》会社に登録して、きちんとした仕事が見つかるまで、どんな仕事でも引き受けよう。いざというときのための蓄えはあるけれど、さして長くはもたない。

なぜ、なぜなの？　なぜショーンが、また私の人生にかかわったりするの？　もう充分すぎるほど、私を傷つけているのに。

ケイトは疲労に襲われ、まもなく眠りに落ちた。


その夢を、ケイトは前にも見たことがあった。目を覚ましたかったが、どっと押し寄せてきた夢の大波に、すでにのまれていた。

ケイトはショーンと家の居間にいた。まだ暗くなる前で、彼は仕事から早めに帰ってきた。彼女が迎えに駆け寄ると、押しのけられた。いつもの夫ではない。初めて会ったときの攻撃的な顔をしている。

「ショーン、どうしたの？」ケイトは彼に手を差しのべた。しかし、無視されてたじろぐ。

彼は背を向け、窓辺へ歩いていった。彼女はわけがわからず、恐怖と不安に駆られた。

「離婚したい」

「離婚！　そんな……」混乱と衝撃、そして信じられないという思いで、ケイトは喉が締めつけられた。「いったいどういうこと、ショーン？　何を言っているの？」やっとの思いで声を絞りだす。

「離婚したいと言っているんだ」

「いいえ、いいえ！　そんなはずない！」哀れを誘うこの声は、本当に私の声なの？

「あなたは私を愛しているのに」

「愛していると思っていた」ショーンは冷ややかに言った。「だけど、そうじゃないことに気づいたんだ。キャシー、君と僕とでは、人生に求めるものが違いすぎる。君は子供が欲しい。だが、僕は、子供なんかいらない！」

「嘘だわ。どうしてそんなことを言うの、ショーン？」ケイトは自分の耳を疑い、彼をまじまじと見た。「いつもあんなに、子供が欲しいって言ってたのに。たくさん子供をつくろうって。だって、私たちの子供時代は――」

「いいかげん、大人になれよ」彼は耳障りな声で遮った。「そう言ったのは、君の下着の中にもぐりこむためだ。そのためなら、なんだって言ったさ」

さげすみの言葉が、ケイトの傷つきやすい心を鞭《むち》打った。

「いいか、議論するつもりはない。僕たちの結婚は終わった、以上だ。弁護士に話はしてある。君が経済的に困ることはない……」

「誰かほかに、女性がいるの?」

二人は無言で見つめ合った。いないと言ってと祈る彼女に、彼はあざけるように尋ねた。

「君はどう思う?」

全身が震え、ケイトはこらえきれずに泣きだしてしまった。壊れた機械のようにショーンの名を叫び続けて……。


なぜ、こんなことをしているんだ? ショーンは車のハンドルを握りながら自分に問いかけた。過去を掘り起こして何になる? 彼女の代わりならいくらでも見つかるだろう。だが、それは正当な評価とは言えない。ジョンの話でも、彼自身の判断でも、彼女がとても聡明《そうめい》で勤勉な社員であることはわかっていた。ぜひ欲しい社員だ。法令上の通知期間もおかずに辞められては困る。

ちくしょう、僕の別れた妻だぞ。もっとも、この件はそれとは別問題だが。経歴書を見て彼女が再婚していないこともわかったが、それも別問題だ。

ショーンは彼女が住む村まで来ていた。なるほど、彼女が気に入りそうなところだ。こぢんまりとして、親しみやすく、居心地よさそうで。あの伯母夫婦の家での暮らしとは雲泥の差だ。

彼は目にとまった駐車スペースに乗り入れ、エンジンを切って車から降りた。

ケイトから退職届が提出されたことを、ショーンはまだ誰にも言っていない。だから表向き、彼女はまだ社員だった……彼の。

鴨《かも》の泳ぐ池をぐるりとまわって、ショーンはケイトの家の門に向かった。ドアをノックしようとしたとき、近くの家の門から老婦人が声をかけてきた。

「裏にまわらないとだめよ、そこの若い方」

若い方とは！　ショーンは顔をしかめた。僕に若いころなどあっただろうか！　ずっと以前から、僕は自分の若さに甘えたことはない。そして大人になってからは……。何か暗く危険なものがショーンの顔をよぎった。彼は老婦人の言葉に従った。

少し探して、数軒並んだコテージの裏庭に出る道が見つかった。ケイトの敷地の門は開かない。ショーンは、内側にかんぬきがかかっているのに気づき、手をのばして外した。なんの用心にもならないじゃないか。彼はまた顔をしかめ、小道を歩いていった。

ショーンは裏のドアが少し開いているのを見て、ますます顔をしかめた。僕みたいな育ちなら、ケイトももっと防犯意識を高めるだろうに！

ショーンがドアに手をやったとき、彼の名を叫ぶ彼女の声がした。

そのとたん、ショーンは勢いよくドアを開け、ずかずかキッチンへ入っていった。椅子にもたれて眠っている彼女を見つけ、ぴたりと足を止める。肺の空気が一気に吐きだされてしまったようで、胸が締めつけられ、息が苦しい。

かつて、ショーンは眠っている彼女を見るのが大好きで、その姿を目に焼きつけることがひそかな喜びだった。美しい肌に伏せられた茶色の長いまつげ、開きかげんの唇、横向きなので片方だけ見えているかわいい耳。無防備に眠りこんでいるのは、彼を信頼しているからだし、彼が守ってやる必要があるということだ。

ショーンは思わず近づいて、彼女の顔にかかった巻き毛に手をのばしかけ、はっと手を止めた。今は昔とは状況が違う。

だが遅かった。なぜか、彼がそこにいるのを感じたかのように、ケイトが悲しげに彼の名を叫んだ。ショーンは一瞬迷ってから大きく息を吸うと、彼女の肩に手を置き、軽くつかんだ。

ぱっと目を開けたケイトに、彼はきいた。「ショーンに、なんだって?」

ケイトはじっと彼を見上げた。まだ夢うつつで、事情をのみこめていない頭が覚めるまで、しばらくかかった。

「君は僕の名を叫んでいた」彼は穏やかに言った。

意識がはっきりしたとたん、ケイトは全身を小刻みに震わせた。自分の見ていた夢にショックを受け、顔が燃えるように熱くなる。にわかに、小さな部屋にあやうい緊張感が生じた。

「夢を見ていたの、それだけよ」彼女はつっけんどんに言った。

「よく僕の夢を見るのか?」

心臓が激しく打ち、あやうい空気がいっそう強まる。「夢というより、悪夢だわ」彼女は言い返した。

「再婚していなかったんだな」ショーンは戦法を変え、責めるように言った。

ケイトはよろよろと立ち上がった。立っても、彼は見上げるように背が高い。ヒールの高い靴を履いていないのが悔やまれると同時に、昔の恨めしさがつのる。「再婚ですって? あんな仕打ちを受けたのに、私がまた誰かと結婚したがるなんて、本気で思っているの? 結婚なんてもうこりごりだわ」

ショーンに言うつもりはないが、結婚しない大きな理由はほかにもある。息子を愛してくれない父親は、大切なオリヴァーにはいらない。幼い自分が経験したみじめさを息子には味わわせたくない。

「どうして名前を変えたんだ?」

胸にナイフを突き立てるような質問のしかたは、相変わらずね。ケイトは身震いしそうになるのを、腕組みをしてこらえた。不安を見透かされたくない。

「いけないかしら? もちろんあなたの名字は使いたくなかったし、伯母夫婦の名字もね。だから法律にのっとって母の旧姓に変えたの。ところで、ここで何をしているの?」ケイトは腹立たしげにきいた。「あなたにはなんの権利も――」

「来た理由はこれだ」ショーンは彼女の反撃など気にもとめず、上着のポケットから退職届を出した。それと、厚みのある白い封筒を。「こっちは君の雇用契約書だ。これによると、君は四週間の通知期間が過ぎるまで働かなくてはならない。退職届を出したからといって即刻辞めることはできないんだ」

ケイトは口の中がからからになった。きっとショックと悔しさが表に出ているに違いない。「無理強いはできないわ」果敢に言い返す。「あなたには――」

「いや、できるとも」ショーンはあっさり彼女を黙らせた。「どうあっても、仕事を続けてもらう」

「なぜなの？」ケイトは語気を強めて問いただした。自制がきかなくなりつつあるのが、自分でもわかる。「あなただって私を辞めさせたいはずよ。あんなにさっさと離婚したことを考えれば！　雇いたいはずないでしょう、元の妻を、あなたが拒絶した相手を――」

「規則は規則だ。君には契約どおり働く法的な義務がある。仕事に戻って、後任に引き継ぎをしてもらいたい」

「無理強いなんかさせないわよ！」ケイトは抵抗した。決意のこもった強い声だったが、内心は困惑していた。なんにせよ、通知期間に勤務を続けることは法律上の義務だ。それを怠れば、再就職の妨げになりかねない。オリヴァーを育て上げるためには、無職でいるわけにはいかない。

「させてもらうとも」ショーンは強い口調で言い返した。「君は僕との結婚を放棄したが、僕の仕事は放棄させないぞ！」

ケイトはいっそう大きな衝撃を受けた。「私が去ったのは、あなたが浮気をしていたからだわ。結婚を放棄したのはあなたのほうよ、ショーン」

「過去の話に興味はない。問題は今だ」

彼の反応にケイトはまごつき、心がくじけた。結婚のことに触れたのは失敗だった。でも、浮気の話はそれ以上の失敗。今でも苦痛なのに、そのことでまた自尊心を傷つけられるのは耐えがたい。

「僕は金に見合ったものを好む。ケイト、覚えているだろう？」

その言葉は、待ちわびた反撃の機会を与えてくれた。「あなたのことを少しでも覚えているなんて、自分が許せないわ」軽蔑《けいべつ》に満ちた怒りの言葉は、抑える間もなく口から出ていた。二人のあいだの緊張が高まる。それにもう一つ、かつて二人が共有した、心ときめく緊張感もよみがえる。

「何も覚えていないというのか？」ショーンは見透かしたように彼女を挑発した。「これもか？」

両腕に彼の手を感じるなり、ケイトは引き寄せられていた。彼の熱い体が自分の肌に接している感触。一瞬のうちに体がその感触になじんでしまい、喜びのあまり彼女は動けなくなった。

それどころか、体が勝手にショーンの体に寄り添い、両手が彼の上着の中に滑りこんで背中を撫《な》で上げている。さらに、彼女の目は大きく見開かれ、懐かしく情熱的な、あのブルーの瞳をのぞこうとしていた。

ケイトは愕然《がくぜん》とした。まるで、自分の一部が彼を待っていたかのようだ。ただ待つのではなく、渇望し、焦がれ、求め続けているかのようでもあった。

規則正しい時計の音が、重なった二人の呼吸音にかき消される。ショーンの息は重く荒い。彼女の息はずっと浅くて不規則だ。

ケイトのうなじに彼の手が置かれ、同時にその親指が肌をゆっくりと撫でる。そこに生じる感覚に、彼女の体はすぐさま反応した。

目を閉じなければ。でないと、今感じているものをショーンに悟られてしまう。彼の手に触れられたくて、胸のふくらみが張りつめているのも、その先端が彼のキスを望んで激しくうずいているのも。

ケイトは温かい彼の唇を感じ、求められるままに唇を開いた。所有欲に駆られた情熱的で懐かしいキスが、彼女の喜びのうめき声を喉の奥に封じこんでいる。

ショーンの両手が下りてきて、ほっそりした腰にまわったとき、ケイトの体から力が抜けた。じきに、彼は胸のふくらみに触れてくる。もっと私に触れたくて、着ているものを剥《は》ぎ取ろうとするだろう。お願い、そうして。彼女は心の底から思った。

彼を求めて走る震えが、すでに体の中で一定のリズムをつくっている。彼の背中にある手をこちらへ滑らせたら、熱い彼の高まりに触れられる。それを撫で、じらしていれば、ショーンはそのうち私を抱き上げる。それから……。

「ママ？」

裏口からオリヴァーの声がして、ケイトは我に返った。互いにさっと相手から離れる。ドアが開いてオリヴァーが、続いてキャロルが入ってきたとき、二人はそれぞれ別の方を向いて、一メートルほど離れて立っていた。

「オリーが家に帰りたがったから……」ショーンに気づいてキャロルは口ごもり、とまどいぎみにケイトを見た。

「ありがとう、キャロル」ケイトはかがんで、駆けてきたオリヴァーの小さな体を抱きとめた。おかげで顔が隠れた。息子を抱いているあいだは、キャロルにもショーンにも目を向けないですむ。

「あの……それじゃ、私は帰るわ」キャロルはそそくさと外へ出ていった。

ショーンは衝撃を受け、信じられないといった目で、ケイトの腕の中にいる子供を凝視した。子供がいたのか、ケイトに子供が。それはつまり……誰かほかの男が彼女を……。

オリヴァーが母親の腕の中で身をよじり、下りたがったので、ケイトはしぶしぶ息子を下ろした。足が床についたとたん、オリヴァーはショーンを見て問いかけた。「おじちゃん、誰？」

ケイトは心臓をわしづかみにされた気がした。「オリー、もう寝る時間よ」息子に言ってから、ショーンを見ずに続ける。「もう帰って」

「仕事のこと、僕は本気だからな、キャシー」ショーンが物憂げに言った。

「キャシーって呼ばないで！」

思わず声を荒らげたケイトは、オリヴァーがいるのに気づいてあわてた。息子は目を丸くして母親の手をつかみ、じっとショーンを見ている。

「子供がびっくりしているじゃないか」

ケイトがその言葉に感じた怒りは、息子を驚かせた後悔とは比べものにならなかった。だが、怒りの言葉が口をついて出るより早く、ショーンがかがんでオリヴァーを抱き上げた。ケイトは驚愕《きょうがく》した。

きっと息子はいやがるわ。知らない人にさわられると、いつもそうだから。ところがオリヴァーは、ショーンを避けるどころか、たくましい胸にもたれて、じっと彼を見ている。それから意を決したかのように口を開いた。

「お話をしてくれない？　おじちゃん」

ケイトは胸がつぶれそうになった。元夫が我が子とは知らずに息子を抱いている。そして息子は、ヒーローが現れたかのように父親を見ている。彼女はショーンの腕から息子を奪い取り、自分の腕の中で守りたかった。生まれる前から父親に拒絶されていたことを、かわいそうな息子は知らないのだ！

「オリヴァーの友達は、仕事から帰ってきたお父さんにいつも本を読んでもらうの」ケイトは硬い口調でショーンに説明した。

オリヴァー！　その名前は僕が……。だが、この幼い男の子の真剣な目を見ていると、腹を立てることも、嫌うこともできない。「お話かい？」ケイトを無視して、子供にほほ笑む。

オリヴァーはうれしそうにうなずいた。「ママ、絵本」ケイトの方を向いて言う。

「きちんとした言葉で言ってちょうだい、オリヴァー」ケイトはとっさに注意していた。

「ママ、おじちゃんに読んでもらう絵本を、お願い」

オリヴァーが愛嬌《あいきょう》のある笑みを浮かべると、ケイトの全身に愛情があふれ、体がとろけそうになった。「ショーンはもう帰らなくちゃいけないの」彼女はショーンの名をつい口にした。「あとで、ママが読んであげるから」

「いやだ。ショーンに読んでもらう！」

オリヴァーがすねて口をとがらせるのを見て、ケイトは息子がかなり疲れていると確信した。だめと言いすぎると、めったに起こさない癇癪《かんしゃく》が始まるだろう。ショーンの前では絶対に避けたい。私が困るのを、彼はきっと喜んで見ているだろうから。

「本を持ってきてくれないか？」

静かで優しい声に、ケイトは驚いてショーンを見た。息子はすでに彼の胸に頭をあずけている。

「本当はまだ寝る時間じゃないの」ケイトは言った。

「寝る前しか本を読んではいけないという法律でもあるのか？」

ケイトは無言でかぶりを振った。息子が父親に抱かれている光景に胸が締めつけられ、反論する言葉が出てこない。彼女は息子のお気に入りの本を取りに行った。


三十分後、ショーンはオリヴァーをいっそうしっかりと抱いてケイトに言った。「どうやら寝ないといけないようだな」

「ええ、二階へ連れていくわ」

彼女はオリヴァーを抱き取ろうとしたが、ショーンは首を横に振った。

「僕が連れていく。どの部屋か教えてくれ」

ケイトは力なくうなずき、言われたとおりにした。

オリヴァーを小さなベッドに寝かせるとき、ショーンは、葬り去ったはずの強い感情に苦しんだ。キャシーの子。かすむ目をあわててしばたたく。

部屋を出た彼はもう一つの寝室の前で足を止め、いきなりドアを開けた。

「何をしているの？　そこは私の寝室よ！」

ケイトが階段を上がってきたことに、彼は初めて気づいた。二人は廊下で向き合った。

「ここで、一人で寝ているのか？」きく権利がないとわかっていても、きかずにはいられない。

「いいえ」ケイトは表情を見られたくなくて顔をそむけた。だから彼を見もせずに言葉を続けた。「ときどきオリヴァーがベッドに入ってくるわ」

「フルタイムで仕事をしながら、一人でどうやって育てているんだ？」

ショーンは本気で心配しているように顔をしかめた。ケイトは彼に背を向け、階段の方へ歩きだした。同じ失敗を繰り返してはいけない。彼に優しい心があるなんて、思ってはだめ。

「そうするしかないもの。オリヴァーには私しかいない――」

「父親に捨てられたということか？　そいつは君たち母子《おやこ》を捨てたのか？」

ケイトは彼の非難めいた言い方に驚いた。「ええ、そうよ」階段を下りながら、できるだけ穏やかに言う。「でも、彼がいないほうが、オリーと私にはいいの」

ケイトは決然と玄関へ歩いてドアを開け、帰ってほしいという意思を示した。

「明日は仕事に戻れ」ショーンは釘《くぎ》を刺した。

「残念ながら、そうはいかないわ」

「忠告したはずだ、ケイト――」

「明日は土曜日よ、ショーン。週末は働かないわ」

一瞬、沈黙が垂れこめ、ケイトはふと思った。ショーンは休日も関係なく働いているようだけど、今一緒に暮らしている女性は、それをどう思っているのだろう、と。

「わかった。それじゃケイト、月曜日に。もし出社しなければ、厄介なことになるぞ」

ショーンは彼女の横を通り、出ていった。

3

「だめだわ」

ケイトはいらだたしげにベッドから半身を起こした。月曜日の午前三時。眠らなくてはならないのに、ショーンのことを思い出してしまう。彼がどんなふうに感じさせてくれたか……。

「ああ、もう！」うめいて枕《まくら》に顔をうずめる。思い出も感情も、どうしても無視できない。

無視できないなら、彼にどれほど傷つけられたか、あらためて胸に刻み直せばいいわ。そうやって、自分の心を彼から守るのよ。金曜日にキスをされたとき、私は彼を許しかけていたのだから……。

ケイトは全身に震えが走るのを感じた。ショーンを愛したことを、私の体は覚えているのだ。でも、私の心だって忘れてはいない。彼が心に残したものは苦しみだけだったとはいえ。

けれども、二人が交わした愛は……最高だった。ショーンは情熱的で、私の体から無限の喜びを引きだしてくれた。二人で高め合った喜びは、夢にも見たことのないすばらしさだった。

なぜ、わざわざ自分を苦しめたりするの？　どうせなら、彼と初めて愛し合った日のことでも思い出せばいいのよ。

伯母夫婦の家を出たあと、ケイトはショーンの小さな部屋で暮らし始めた。しかし彼は、結婚するまで関係は持たないと言った。数カ月もつき合いながら、激しい愛撫《あいぶ》を彼女の望む結末まで持っていくことを頑《かたく》なに拒んだ。妊娠させてしまうからと。

〝僕の赤ん坊が、僕と同じく婚外子として生まれるのはいやなんだ〟彼は断固たる口調で言った。

最初のうち、ショーンは子供のころのことを話したがらなかった。彼のつらい思い出話は、ケイトが少しずつ聞きだしたのだ。愛情に満ちた子供時代を知らない二人は、自分たちの子供のためにすばらしい家庭を築くことを夢見た。

〝でも、避妊具があるでしょう？〟ケイトは頬を染めながら言ってみた。

〝そうだね。でも使わない〟

ショーンの声に欲望を感じ取り、ケイトは胸がどきどきした。

〝愛し合うときは、肌と肌でじかに触れ合いたい。避妊具なんかに邪魔されたくないんだ〟

二人は小さな町で結婚式を挙げた。ケイトの亡くなった母親がその町の出身だったので、ショーンのロマンティックなはからいでそうなったのだ。挙式前の三週間はその町で暮らさなくてはいけないという決まりにも従って。彼の仕事が一段落したあとなので、小さな家を借りるお金はあった。

激しく愛し合い、互いを強く求めている二人にとって、三週間は永遠に思えるほど長い。だが、ショーンは待った。あのころでさえ、彼にはそういう意志の強さと自制心があったのだ。

結婚初夜は小さな借家で過ごした。本当にすばらしい夜だった。思い出すと、今も涙がこみあげてくる。

「ママ」

オリヴァーの声がケイトの物思いを遮った。すぐさまベッドを出て、息子の部屋へ急ぐ。

「どうしたの、ダーリン？」彼女は優しくきいた。

「おなかが痛い」オリヴァーが訴えた。

ケイトはため息をつくまいとした。息子はおなかをこわしやすい。大したことはないのを確かめてから、隣に座ってなだめた。

「ママ、ショーンは今度いつ来るの？」オリヴァーがだしぬけにきいた。

ショーンが帰ってからオリヴァーが彼のことを口にするのはこれが初めてだ。もう忘れたものとばかり思っていたのに。ケイトは愕然《がくぜん》とした。

「わからないわ、オリヴァー」それしか言葉が見つからない。二度と会うことはないのよ、とは言えなかった。息子の質問にはいつも正直に答えてきたが、今度ばかりは無理だ。期待に目を輝かせている幼い我が子を失望させるわけにはいかない。

オリヴァーが寝ついたころ、ケイトは反対に目が冴《さ》えてしまい、心臓が激しく打っていた。

ショーンが父親だということをオリヴァーが感じるなんて、ありうるのかしら？　ショーンに特別な絆《きずな》でも感じたのでなければ、あんなふうに彼に対していい子になるかしら？

「自分の父親を知る子はまれにみる賢い子である」ケイトは古いことわざをつぶやいた。それにすがることで、途方もない想像を心から締めだそうとした。

ケイトは不安な気持ちで車を止め、駐車場を歩いて横切った。ショーンにだけは出会いたくなかったのに、どうして運命は、彼と再会させるような意地悪をするのだろう？　とはいえ、契約書や法律までちらつかされては、無視もできない。

彼女は下唇を噛《か》みながら、オフィスへ急いだ。朝になって、おなかは治ったとオリヴァーは言った。それでも、保育園に預けるとき、夜中に具合がよくなかったことは伝えておいた。

ケイトがオフィスへ入ると、ローラがすぐに気づいてにっこりした。

「ケイト！　気が変わって、やっぱり会社に残ることにしたのね！」

「そのとおりよ！　新しいボスから、断りきれない提案をされたから」ケイトは明るく答えたが、同僚の目に好奇の色が浮かぶのを見て後悔した。

「そうなの？」ローラがうらやましげにため息をついた。「彼みたいにすてきで、危険な匂《にお》いのするセクシーな男性って、めったにいないと思わない？」

「そんなことないわ！」心臓がびくんと跳ねたのを無視して、ケイトは答えた。

「あら、それが本当なら、反対意見はあなただけね」ローラは無頓着《むとんちゃく》に言った。「しかも彼は独身で、家族がいないっていうんだから……」

ケイトの心臓が今度は宙返りしそうになる。「誰が言ったの？」

「ジョンよ」ローラはすまして言った。「ショーンが自分から話したんだと思うわ」

ローラはなんて言うかしら？　彼には、私の息子というれっきとした家族が一人いるって教えたら。

会計士との電話を終え、ショーンは顔をしかめた。悩みの種はビジネスのことではなく、シーソーのように揺れているこの感情だ。もう若いとはいえない年齢になり、鉄壁の自制心だと自負していたのに、こんなに困惑するとは。

ケイトとの結婚に終止符を打ったとき、ショーンは彼女にかかわるものを徹底的に排除した。物質的なものについては完璧《かんぺき》にできたが、感情は？

何も変わってはいない、と彼は自答した。彼女と離婚した理由は、今も存在している。永遠に存在し続けるのだ。僕にはどうにもできないし、忘れることもできない！

彼らしからぬぎこちない動作で、ショーンは椅子を後ろへ引いた。立ち上がって、窓辺に歩み寄る。

それが僕の本心か？　だったら、この週末にしたことはなんだ？　いつもは玩具《がんぐ》店で週末を過ごしたりはしないだろう？　ばか高いおもちゃの電車セットなんか買わないはずだ。

ショーンは目を閉じて両手をポケットに突っこみ、腹立ちまぎれに拳《こぶし》を握り締めた。

わざわざ電車セットを買いに行ったわけではない。テレビを買い替えたくてデパートへ行ったのだ。家電売り場とおもちゃ売り場が同じ階にあったのは、偶然にすぎない。

だから、電車セットを買ったくらいで自己分析などする必要はないのだ。あまり熱心に見ていたので店員が寄ってきてしまい、ばつが悪かったからつい買っただけのこと。

そして持てあましたあげく、さっさと手放した。

知人の子にそれを渡したときの相手の顔を思い出し、ショーンは苦笑した。母親が断っても、息子は引き下がらなかった。勘ぐられても無理はないが、下心があるなどと思われないよう願うばかりだ。おもちゃを買ったのは、ただ……ただ、なんだ？　それはただ、腕に抱いたケイトの息子のぬくもりと重みが、幸せだったころの記憶をよみがえらせたからだ……。

幸せだった日々は終わったのだ、とショーンは自分を戒めた。

「カフェにお昼を食べに行かない？」

パソコンの画面を見つめたまま、ケイトはローラに首を振ってみせた。「残念だけど行けないわ。これを終わらせなくちゃ。それに、サンドイッチを持ってきたし」同僚とのカフェでの昼食は楽しいだろうが、シングルマザーのケイトは、いつも家計を気にしていなければならない。

ローラが出ていくと、ケイトは席を立ち、サンドイッチを取りに行った。会社には小さな休憩室があり、紅茶やコーヒーの器具と、電子レンジが備えてある。通路奥の狭い階段を下りかけたそのとき、下の階にいたショーンが階段を駆け上がってきた。

夫婦だったころの記憶がケイトを混乱させ、彼女は反射的に彼の前に飛びだしそうになった。

すぐに気づいて立ち止まったものの、頭にはっきりと浮かんだ記憶に、ケイトは頬を染めた。記憶の中のショーンは、家の階段を駆け上がってきて彼女を抱き上げてくるくるまわし、それから激しいキスをした。そのあとは、彼が持ち帰った知らせを――大きな契約が取れたという話を聞き、お祝いをした。ベッドの中で、シャンパンを飲みながら……。

「キャシー」彼女のぎくっとした顔を見て、ショーンが尋ねた。「どうした？　何かあったのか？」

　ケイトは警戒して離れようとしたが、ショーンにむきだしの腕をつかまれた。

「もうキャシーじゃないわ」彼女はきっぱりと言った。「ケイトよ！　それに、何かあったからって、あなたに知らせる必要があるわけ？」

　今も自分の中に〝キャシー〟がいることを、ケイトは認めざるをえなかった。怒りの言葉を吐きながらも、体はショーンに触れられて反応しているのだから。離婚以来、誰にも触れられていない体が愛撫に飢え、震えているのだろうか？　それとも、相手がショーンだから？　このあいだのキスで官能が目覚めてしまったから？

　この体のうずきは今の気持ちとは関係なく、昔の記憶が引き起こすのだろうか？　そうであってほしいと思うのに、ショーンに引き寄せられていく自分をなぜか止められない。彼の青い目に見つめられ、その魅力に幻惑される。

　ケイトは、彼の親指が肘の内側を撫《な》でるのを感じた。その場所が弱いことを、ショーンは熟知している。そこにキスをされると全身がとろけそうになったことまで、彼は知っているのだ。

彼の腕の中に飛びこんでしっかり抱いてもらうことが自然に思える。じっと見つめていれば、やがて彼の目は激しい情熱に陰り、口元にあの独特の笑みが浮かんで……。

ドアの開く音がして、彼女ははっと我に返り、ショーンから反射的に離れた。頬が熱い。数年前の彼女にとって彼は恋人であり、夫であり、彼に気持ちを隠す必要はなかった。見られ、触れられて、興奮し、待ち焦がれる思いを隠さなくてもよかった。でも、今は違う。

「それはなんだ?」手を離した彼が、顔をしかめて彼女の手にした容器を見やった。

「私の昼食よ」

「昼食? それが?」小さなプラスティック容器を見ながら、ショーンはあざけるように言った。「子供のためにももっときちんとした食事をとるべきじゃないかな」

何も知らないくせに。彼の批判的な言葉を聞いて、今しがたの熱い反応は激しい怒りに取って代わられた。「言っておくけど、私のすることに口を出す権利なんか、あなたにはないわ、ショーン。それに、この昼食はオリーのためなの。カフェで食事するよりずっと安上がりだもの」容器を振りながら言葉を継ぐ。「子育てにはお金がかかるの。ご存じないだろうし、あなたにはどうでもいいことでしょうけど。なにしろ、子供には縁のない人ですものね」

ショーンの顔がこわばる。

「どうかした、ショーン？」ケイトはきいた。「当ててみましょうか？　確かに、今のあなたは世界じゅうの高級レストランで食事ができるお金持ちよ。だけど私は知ってるわ。あなたには、サンドイッチすら贅沢《ぜいたく》に思えたころがあったわよね」

ショーンの険しい顔を見て、言いすぎたかしらとケイトは思った。だが、撤回するつもりはない。彼女は顎をぐいと上げて、決意のほどを見せつけた。

「子供には父親がいるはずだ。なぜ彼は養育費を払わないんだ？」ショーンは冷ややかに尋ねた。

ケイトは無言で彼を見つめた。どんなに私を傷つけているか、彼はまったく気づいていない。「あの子の父親は経済的な援助などするつもりはないわ。いえ、どんな援助も。あの子を欲しくなかったのだから」

これ以上何か言えば自制心が砕けそうな気がして、ケイトは彼の横をすり抜けて足早に階段を下りた。

ショーンは彼女の後ろ姿を見送った。サンドイッチ、やせすぎた体、顔に浮かぶ緊張と不安。隠しているつもりだろうが、彼女の暮らしは、彼が与えてやれたはずの贅沢とはかけ離れていた。

子供を産ませた男と一緒に暮らしていたとき、彼女は少しは僕のことを考えただろうか？

危険な考えを、ショーンは頭から締めだした。

昼休みのあいだも、そのあとも、ケイトはショーンのことしか考えられなかった。心臓は倍の速さで打っているし、緊張して力が入っているため肩や腕が痛む。しかも、状況は悪くなるばかりだ。

離婚後のつらい数カ月間、ケイトを支えたのは、おなかで育っている命をなんとしても守らなければ、という一途《いちず》な思いだった。

妊娠を知ったのは、離婚したいと言ってショーンが去ってから二カ月後のことだ。当時、彼女は悲しみに暮れ、疲れきっていた。死んでもかまわない、いや、死にたいと思っていた。ショーンなしでどうやって生きていけばいいのか、想像もつかなかった。ショーンの言葉に胸を切り裂かれたにもかかわらず。別れに際して、彼はこう言ったのだ。

〝君はすぐに僕のことを忘れて誰かに出会う。そして欲しくてたまらない赤ん坊を次から次へと産むだろう〟

ケイトが欲しいのはショーンの子だけだった。それなのに、もう彼に愛されていない。二人が暮らしていた家は空き家になり、彼女は部屋を借りて住んでいた……というより、ただ生きながらえていた。そんなとき、身ごもっていることを知ったのだ。彼が欲しくないと言った子供を。

ゆえに、ケイトはショーンには知らせるまいと決めた。彼に拒絶された苦しみで、彼女は破滅しかけた。同じ苦しみを我が子に味わわせるわけにはいかない。

ショーンへの愛を捨てよう、とケイトは自分に誓った。オリヴァーが生まれたとき、捨てられたと思った。今日までは。

すぐにもショーンから離れるべきだろう。もう愛は消えたと思っていたのに、実際は違ったことが不安でならない。そして純粋な苦痛だけでなく、彼への思慕が心のどこかでじわじわと広がりかけている。ショーンにいかに脅されようと、ここを辞めなければならない。彼に言おう……今すぐ！

ケイトは社長室へ急いだ。

社長室の手前のオフィスには誰もいなかった。動揺していた彼女は、上司への礼儀も気遣いもなく、奥の社長室へ駆けこんだ。ショーンの姿は見当たらない。だが、更衣室とシャワー設備のある部屋のドアが半分開いていて、人の気配がする。そこにいるのはショーンでしかありえない。

ケイトは咳《せき》払いをして深く息を吸ってから、呼びかけた。「ショーン、いるの？　あなたに話さなければならないことがあって……」

返事はない。ケイトは気持ちがくじけそうになった。たぶん、ここにはいないんだわ……。

きびすを返そうとしたとき、彼女はショックで棒のように固まった。ドアが大きく開かれ、彼が現れたのだ。腰に小さなタオルを巻いただけの姿で、肌に水滴を光らせて。数秒間、ケイトは動くことも口をきくこともできず、ただ真っ赤になって目を見張っていた。

「まあ。シャワー中だったのね！」ようやく絞りだした声はあまりにかぼそく、とても自分の声とは思えなかった。

「さっきまでね」ショーンは淡々と言った。

体じゅうに広がっていくうずきを抑えつけ、ケイトは怒りを反撃の武器にした。もっときちんと体を隠せばいいのに。意に反してショーンの腰に釘《くぎ》づけになった視線を、ケイトはあわてて引きはがした。

するとショーンがそっけなく言った。「こっちに入ったほうがいい。それと、ドアを閉めて」

「えっ？」

驚くケイトを尻目に、ショーンは甘い声で続けた。「誰かが入ってきて、こんなところを見られていいなら別だけどね」

何か言い返さなくてはとケイトが考えているあいだに、ショーンは彼女の背後に手をのばし、そっとドアを閉めた。そのうえ、鍵《かぎ》までかける。

「どうして……鍵をかけるの？」恥ずかしいことに、ケイトの声は不安におののいていた。

「誰かにふらりと入ってこられたら困るからさ。ほかに理由があるか？　まさか、あのときの――」

「いいえ、違うわ」ケイトはうろたえて彼の言葉を遮った。「私はただ……」

ショーンが彼女から少し離れた。うっかり向けたまなざしがまた彼の体に釘づけになる。出会ったとき、彼はすでに大人の男性だった。初めて彼の一糸まとわぬ姿を見たときは、ぞくぞくしたものだ。なめらかで力強い首筋、広い肩、彼女をきつく抱き締める腕、想像を超えた快感を紡ぎだす手、筋肉質の平らな腹部。完璧に思えたものだった。

けれど、今の彼はそれ以上だ！　それとも、会わなかった歳月のせいで、彼のセクシーな魅力や比類のない男らしさを忘れていたためにそう思うのだろうか？　忘れていれば、苦しみから逃れられるから。

懐かしいうずきが、たちまちおなかのあたりから広がり始める。

タオルの結び目のすぐ上に、ケイトがよく覚えている小さな白い傷跡が見えた。工事現場で働き始めたころに遭った事故によるものだ。当時の彼は、本来ならまだ学校に通っているはずの、十五歳の少年だった。ショーンは、一日分の稼ぎをふいにするより、けがの痛みに耐えて働くほうを選んだ。その話を聞いてケイトは涙を流し、傷跡に唇を押し当てた。すると、ショーンは彼女の髪に両手をうずめ、それから……。

思いが官能的な記憶をさかのぼっていることに気づいて、ケイトはひどく動揺した。しかも、彼女を高ぶらせているのは過去の記憶ではなく、今それを追体験したいという欲求なのだ。この部屋から出なければ。今すぐに！

彼女はドアの方へさっと体をめぐらした。

「ケイト！」

彼女の行動にふいをつかれ、ショーンは思わず手をのばして引きとめた。握ったケイトの手首は、昔よりずっと弱々しい。にもかかわらず、いたわりを拒絶する彼女に、彼は腹を立てた。ケイトを身ごもらせ、傷つけて捨てた男にはもっと激しい怒りを覚えた。彼女が誰かに傷つけられたのだと思うと、しっかり抱き締めて守りたくなる。

ついに自分を抑えきれなくなり、ショーンはケイトを抱き寄せた。もがく彼女を無視して、美しい髪に指をくぐらせる。「うれしいよ、髪を切っていなくて」

愛情あふれる言葉に衝撃を受け、ケイトは押し黙った。背中にショーンの熱い手を、腹部に彼の熱い高まりを感じていた。

こみあげる感情に身をわななかせ、ケイトはため息ともあえぎともつかぬ声をもらした。それが合図となったかのように、ショーンがいきなりキスをする。唇を奪われたケイトは、彼の激しい飢えと欲求を全身で感じ取った。

もはや過去のいきさつも苦しみもない。あるのは、今ここにショーンと一緒にいるという事実だけだ。

彼の空いているほうの手がケイトの顔を包み、頬を撫でた。やがてその手が喉を伝い下り、鎖骨をなぞる。ケイトはさらに体を押しつけ、邪魔なタオルを無意識のうちに剥《は》ぎ取った。それはケイトではなく、かつて同じ行為を何度も繰り返したキャシーがしたことだ。そのときの彼女はショーンの体を独占していた。好きなだけ、どこをどんなふうに愛撫しても許された。そしてショーンも、同じように彼女を独占していた。相手を独占する権利を愛情によって分かち合い、結婚の誓いによっていっそう強めた。

今の二人にはその権利はない。ケイトは自分にそう言い聞かせようと試みたが、体は耳を貸さず、快楽に酔いしれている。

むきだしの肌にケイトの手が触れるのを感じ、ショーンはうめいた。本当に長かった！　自制心を保つには長すぎる歳月だった。彼の唇はケイトの鎖骨のくぼみを探り当て、そこに唇を押しつけて、欲望の声をもらした。それに応じるように、唇の下で、彼女の脈が激しく打ち始める。

ショーンはたまらなくなり、ケイトの肌と彼の手を隔てている布に両手をかけた。

ショーンの両手が、胸のふくらみをじかに包んでいる。喜びに震えているのは彼だろうか、それとも私？　ケイトはうずきを覚えながら考えた。ふくらみの頂がせつなくとがっている。ショーンも気づいているに違いない。

親指と人差し指でショーンがその硬くうずいている先端に触れたとき、ケイトの体を激しい快感が駆け抜け、彼女は乞《こ》うように体を彼に押しつけた。

「そんなことをしたらどうなるか、わかっているだろうな?」ショーンの声はかすれていた。

ケイトは答える代わりに、彼の手をつかんで、自分の体の秘めやかな場所へ導いた。

「こっちも、同じ作戦を使えるんだ」ショーンはケイトの手を熱い高まりに触れさせたが、彼女はあらがわなかった。

ショーンと別れてから、ケイトは男性に触れたことがなかった。そんな気にならず、考えてもみなかった。それなのに彼女の指は、まるで本能のように、彼の高まりをいとおしげに撫でている。

「ケイト……ケイト」

彼女の名を呼ぶ苦悶《くもん》の声は、ますますケイトを興奮させた。ショーンの高まりを愛撫する指のリズムは、彼女の奥底のうずきに同調していた。

これは天国だ……そして地獄だ。僕が欲しかったものすべて、得られなかったものすべてだ。ケイトが自分に及ぼす力にただ屈服しながら、ショーンはそのことを知った。だが、男性としての力強さにあふれる彼は、ケイトに主導権を握られたままではいられない。飢えたように彼女を抱き寄せ、誰にも渡さないとばかりに激しいキスを始めた。

彼が欲しい。欲しくてたまらない。ケイトはショーンにしがみつき、待ち焦がれ……。

そのとき、隣の部屋でけたたましく電話が鳴りだし、二人はぎくっとした。

ケイトは自分のしたことを悔やみ、服の乱れを直すなり、逃げだした。行くなというショーンの言葉も聞かずに。

4

「それでね、インフルエンザが流行《はや》っていて……」

ケイトは頭痛をやわらげようとこめかみを押さえ、なんとかキャロルの話に集中しようとした。

「たちの悪いインフルエンザなの！」キャロルはなおも続けた。「ジョージにしばらく保育園を休ませようかと、迷っているくらい」

判断に迷う余裕がある友人をうらやんではいけない、とケイトはずきずきする頭で考えた。ケイトはオリヴァーを保育園に預けなければ働けないし、働かなければ母と子は生きていけないのだ。

キャロルが帰ったあと、ケイトはオリヴァーを心配げに見やった。ジョージと楽しそうに遊んではいたが、いつもよりおとなしい。「まだおなかが痛いの？」

「ジョーンはまた来る？」

オリヴァーの質問にケイトは愕然《がくぜん》として黙りこんだ。喉に大きな塊がこみあげ、胸が痛む。息子をぎゅっと抱き締め、すべてのものから守ってやりたい。だが、もう自分をだませはしない。今日の午後、ショーンの腕の中で、まだ彼を愛していることを思い知らされた以上は。

だからこそ、逃げだしたのだ。彼はもう私を愛していない。五年前にそう言った。一度死んでしまった愛は、よみがえりはしない。そうでしょう？

「いいえ、オリヴァー。彼はもう来ないわ」ケイトは優しく言い、口をとがらせた息子を強く抱き締めた。

「でも、ぼくは来てほしいんだ」オリヴァーは食ってかかるように言った。

あまりのつらさにケイトの自制心は今にも砕け散りそうだった。ケイトが髪を撫《な》でてやると、オリヴァーはとがめるようなまなざしを母親に向け、恐れていた質問を口にした。

「ぼくにはどうして、ジョージみたいにパパがいないの？」

苦悩と絶望がケイトの心をむしばみ、彼女を凍えさせた。パパはいるけど、あなたを欲しがらなかったなんて、言えるわけがない。真実を理解するにはこの子はまだ幼すぎる。でも、嘘《うそ》はつけないわ。

「ジョージのママとパパみたいに、一緒に暮らしているママとパパばかりじゃないのよ」

ケイトは優しく説明して、息子がその意味をじっと考える様子を見守った。

「じゃあ、ぼくのパパはどこにいるの？」

こんなにひどい気分になるのは頭痛のせいだと思いたかった。しかし、いつかは息子をはぐらかせなくなる日が来ると思うと、ケイトの心はおもりに引きずられるように沈んだ。

「もうベッドに入る時間よ、オリヴァー。今夜はどんなお話がいい？」

一瞬ケイトは、息子がごまかされずに質問を繰り返すのではないかと思った。だがそうはならず、彼女は胸を撫で下ろした。

ショーンは憂鬱《ゆううつ》な思いで、最上階の部屋《ペントハウス》の窓から外を眺めた。この豪華な部屋は、買収したばかりの会社の今後を見定めるまでのあいだの仮住まいと考えている。

離婚後、彼はケイトのことを考えないようにしていたが、それでも考えてしまうことがあった。そんな折は、田舎で幸せに暮らす彼女の姿を思い描いたものだ。彼女に夢中の夫とたくさんの子供に囲まれている姿を。ところが、現実の彼女の暮らしぶりは悲惨なものだった。望みどおり母親にはなれた……だが、一緒に暮らし、彼女を愛し支えていくべき男はどこにいったんだ？

ショーンは、裕福になる前の暮らしを忘れてはいない。忘れられるわけがなかった。それゆえ、今のケイトの経済的な苦境がよくわかる。

なぜ彼女は、自分たち母子《おやこ》を捨てた悪党に、金銭面の負担だけでも要求しなかったんだ？　子供の父親なら、援助するのが当然だろうに。

貧しさの中で育つ苦しさを、ショーンは経験していた。貧しいとまではいかなくても、ケイトが息子を育てるのにどれほど苦労するかは目に見えている。

ショーンはいらいらと髪に手を突っこんだ。ケイト――いや、キャシーに出会ったとき、僕は無学で、不満の種をいくつも抱えた反社会的な若者だった。そんな僕に、キャシーは愛情だけでなく、たくさんのものを与えてくれた。全力で僕を支え、勇気づけた。彼女が信じてくれたからこそ、愛してくれたからこそ、今の僕があるのだ。

せめて、そのことに感謝の気持ちを伝えられたら。

ショーンは窓に背を向けた。一流雑誌のグラビアから抜け出たようなこのペントハウスは、子供にとっては住み心地が悪い。昔、ケイトに買ってやると約束したあの司祭館なら絶好の住まいとなるのだが。

ショーンは目を閉じて、大きく息を吸った。オリヴァーを身ごもらせた男を、彼女は愛していたのだろうか？　その男は、いったいどこのどいつだ？

車のキーはキッチンのカウンターにある。車なら、三十分とかからずにケイトの家に着くだろう。

ショーンは心を決めた。なんとしても、彼女からオリヴァーの父親の名を聞きだし、その男に、息子とその母親への義務を果たさせるのだ。

ケイトの頭痛はようやくやわらいできた。けさ出社前に干した洗濯物は、アイロンをかけるばかりになっている。乾いた衣類のさわやかな匂《にお》いが、キッチンを満たしていた。

オリヴァーはベッドで眠っている。

ケイトは、息子が眠っている夜のうちになるべく家事をすませるようにしている。そうすれば週末は一緒にゆっくり過ごせるからだ。村人たちは週末になると、村に一軒きりの小さな店に行き、新聞を買って、おしゃべりを楽しむ。地域の人々とともに暮らしているという感覚を、オリヴァーにはできる限り経験させてやりたい。父親は与えてやれなくても。

キッチンの窓に影が映り、ケイトははっとアイロンから目を上げた。それがショーンだと知り、彼女は凍りついた。

震えが走り、鳥肌が立つ。ひょっとして、彼のことを考えていたから、こうして現れたの？　それとも、オリヴァーが望んだから？

ばかなことを考えてはだめ。彼女はアイロンのコンセントを抜いてから、ショーンがノックする前に急いでドアを開けた。ノックの音でオリヴァーが目を覚まさないように。

なんの用かしら？　気が変わって、もう働かなくていいと言いに来たの？　ほっとするより、なぜかよけいに苦しい。この苦しさのせいで、このあいだは思わぬ反応を見せてしまい、彼をまだ愛していると気づかれたかもしれないのだ。

少なくともショーンという人は、自分が愛そうと思わない女性から慕われて、それを喜ぶような男性ではない。離婚したときと同じ冷酷さで、今度も私を切り捨てるに違いない。つい先日、退職届を出した私が、今はくびにされることを恐れている。なんという皮肉だろう。

彼はすぐキッチンに入ってきた。

「ショーン、なんの用?」厳しい口調とは裏腹に、ケイトは内心願っていた。本当は抱き寄せてほしい、と。そして……。

体じゅうが弱い心に満たされていく。彼があまりに近くに立っているから。近すぎて、喉元にある髭剃《ひげそ》り跡の小さな切り傷が見えるほどだ。

昔、日の当たる通りで、仕事中の彼とこんなふうに向き合っていたことがあった。彼にからかわれたお返しに、無精髭がのびている顔を笑った。すると、彼はじっと私を見つめて、わざと淫《みだ》らな言い方をした。〝ベッドに入る前に剃るほうがいいのさ。君の肌を傷つけないように〟そして、私が頬を赤らめるさまを眺めていた。

喪失の悲しみにケイトは打ちのめされた。

「オリヴァーの父親は誰なんだ、ケイト?」

えっ?

ふらふらとテーブルの縁につかまり、ケイトは衝撃と闘った。いったいどう答えれば、いいえ、なんと答えればよいのだろう？　彼女は思い悩んだすえに心を決めた。答えは一つ、真実を言うしかない。

心がくじけて気が変わらないうちに、彼女は深く息を吸い、静かに答えた。「あなたよ、ショーン」

沈黙の中で、彼の顔は完全に色を失った。それからじわじわと赤みが広がり、頬骨まで赤く輝いた。

「違う」突然、大声で彼は否定した。

拒絶の声がキッチンに響き渡り、壁で跳ね返ってケイトを襲った。彼女はそのまま死にたくなった。

「違う！」ショーンが猛々《たけだけ》しく繰り返し、首を振る。「嘘だ、ケイト。僕は離婚して君を傷つけた。だから、君がほかの男に走ったことは理解できる。だが、僕があの子の父親だなんて、絶対に認めないぞ」

ほかの男ですって？　ケイトは苦々しい怒りを噛《か》み締めた。私は何を期待していたのだろう？　どうなることを望んでいたの？

私は、ショーンの腕に抱かれて言われたかったのだ。僕が間違っていた、まだ君を愛している、と。息子を産んでくれた君をいっそう深く愛している、と。

「ええ、あなたは私を傷つけたわ、ショーン」ケイトは淡々と言った。「でも、あのときの冷酷さだって、たった今あなたがしたことに比べれば、なんでもないわ。私のことはいくら傷つけてもいい。だけどオリヴァーを傷つけるのは、絶対に許さない」

ケイトは彼の目を見すえた。自分の苦痛より、我が子を守ろうとする母親の力が彼女を支えていた。オリヴァーのためなら、なんだって犠牲にする。必要なら、私自身をも。ショーンへの愛が絶えたことはなかったし、それを否定する気もないけれど、オリヴァーのためなら、その愛さえも捨てる。そうせざるをえなかった苦しみを抱えて生きていくわ。

自分がオリヴァーの父親だと知った彼の反応をはっきりと見て、妊娠を知らせなかったのは正しい判断だったとケイトは確信した。同時に、ショーンの示した反応は彼女の心をずたずたに引き裂いた。

だが今、彼女の目に光っているのは、息子を思うゆえの怒りと軽蔑《けいべつ》だった。「ショーン、私にしたように、オリヴァーも拒絶するといいわ。でも、そんなことをしても、彼があなたの息子である事実は変わらないのよ」

ショーンの顔は赤みを失い、やがて白くなった。「僕の子であるはずがない」彼は言い張った。

「はずがないって、どうして？　身ごもっている私を捨てたとき、ほかの女性とベッドをともにしていたから？　そういえば、彼女はどうしたの、ショーン？　私と同じように、彼女にも飽きたの？」ケイトはひどく興奮し、答えを待っていられずに言い放った。「いくらでも否定すればいいわ。でも、真実はただ一つ、オリヴァーはあなたの子よ」

ショーンは無言だった。

ケイトは頭を振り、憤慨して続けた。「私だって、そうじゃなければと思うわ。あの子が父親の愛情に包まれて生まれたのだったら、と。私とあの子を愛して、一緒に生きてくれる人が父親だったら、と。どれだけそう思ったことか、あなたにはわからないでしょう。でも、私はあなたとは違う。真実から逃げなかった」

いつの間にかケイトは全身を震わせていた。悔しいけれど、泣きだしてしまいそうだった。

彼女の激しい怒りとあからさまな軽蔑に、ショーンは愕然とし、何も言えなかった。そして、彼女を信じたがっている自分に気づいた。ケイト自身も自分にそう信じこませているのだろう。大したものだ。だが、彼女の感情の爆発に反応できなかったのは、そんな意地の悪いことを考えていたからではない。苦しみや憤り、そしてあこがれといった感情に、心をかき乱されていたからだ。

僕が誇りにしてきた自制心はどこへ行ったのだ？　それに、ケイトのあの気高い誠実さは？　それらもまた、僕は失ってしまったのだ。

ショーンは彼女を抱き締めたい自分をやっとの思いで抑えつけ、残酷な言葉を吐いた。

「そんな説明は無駄だ。オリヴァーは僕の子ではない」表情を見られまいと顔をそむける。

「君がなんと言おうと、あの子を僕の子供として認めることはない」

ケイトは怒りに頬を紅潮させ、唇を引き結んだ。

ショーンが辛辣《しんらつ》に言葉を継いだ。「ケイト、悪あがきはするな。僕たちの仲が終わったあとでほかの男に身を投げだしたなら、その事実は受け入れる。それが僕への当てつけでも、自業自得だと認めよう。だが、まだ一緒に暮らしていたのに別の男と関係したことは、絶対に許せない」

「あなたがしたみたいに？」ケイトはすかさず反撃した。「彼女はどうなったの、ショーン？」

「僕の人生に、もう彼女はいない。あれはいっときだけの浮気だ」

その女性を気にかけるより、むしろケイトに対していらだっているような言い方だった。

それがケイトの怒りに火をつけた。

「頭のいい女性ね！　きっと気づいたのよ。私みたいに、いずれあなたに裏切られると」

ショーンは彼女をにらみつけた。「裏切りなら君のほうがうわてだ、ケイト。ほかの男の子供を僕の子だと思わせようとするなんて、これ以上の裏切りはない！」

「そんな卑怯《ひきょう》なまね、私はしないわ！」ケイトは猛然と言い返した。「私に……いいえ、オリヴァーにこんな仕打ちをするなんて耐えられない。自分の子が父親を知る権利を否定して――」

ショーンは怒りにまかせ、彼女の手首をつかんだ。「オリヴァーは僕の子じゃない！」

残酷な言葉が小さなキッチンにこだました。ケイトは彼の手を振りほどこうとした。

「あなたを憎むわ、ショーン。再会しなければよかったと、どんなに思ったか。どんなに自己嫌悪に陥ったことか、あなたにあんなことを許して――」

「あんなこと？」ショーンは彼女の言葉を遮った。

ケイトは、彼の体にぐいと引き寄せられ、彼の指が腕に食いこむのを感じた。

「こんなふうに、君を感じさせたことか？」

彼に唇を奪われ、顔を強く押しつけられて、ケイトはのけぞった。怒りと自尊心が彼女の中で入り乱れ、焦がれる思いが危険な奔流となってどっと全身を駆けめぐる。彼女はにわかに理性を忘れ、かつてのあのとき、あのキスに、引き戻されていった。

二人が出会ったばかりのあのときに。初めてのデートの帰り、暗闇《くらやみ》で激しく奪われたあのキスに。

あの夜、略奪者たる男性の情熱をこの体は知り、衝撃と興奮がもたらす喜びに震えたのだ。私は若く、世間知らずだった。けれど、ああ、どれほどショーンに恋い焦がれ、どれほど欲望をつのらせたことだろう。

そして、今も私は……。

でも、そんな思いはいつ終わり、いつまた始まったのだろう？　ぼんやり考えながら、ケイトは数年前の自分に戻ったのをはっきりと感じた。体も心も感覚も。

ケイトの唇から小さな泣き声がもれた。彼の熱い唇がすぐさまそれに応《こた》え、押しつけられる。そして、彼女の腕をつかんでいた両手が背中にまわった。それはもはや無理強いではなく、愛撫《あいぶ》そのものだった。ケイトのもらした泣き声を懇願のしるしと受け取ったかのごとく。

ショーンに腰をつかまれ、ケイトは震えた。彼は親指でその繊細な曲線をなぞり、やがて丸いヒップを両手で包んだ。そして、自らの高まりの上に彼女を抱えこむ。ケイトは思わず腰を浮かし、うめくように彼の名を呼んだ。

興奮と欲望にケイトはむせび泣き、重なった唇を通じてその泣き声がショーンに伝わると、彼の片方の手が彼女の胸のふくらみに移った。

ケイトは時間と場所の感覚を失い、ただショーンと彼への欲望だけを感じていた。声が、異性を求める女の性《さが》をあらわにした高い声が、互いの熱い息で濃密になった空気を切り裂いた。

ショーンはその声に応えた。まるで、探し続けてきたすばらしい世界への扉が、いきなり彼の前で開け放たれたかのように。

胸のふくらみに置かれた彼の手が愛撫を始めたとき、なじみのある懐かしい感覚にケイトは身を震わせた。その感覚が下腹部の柔らかく温かい部分へとゆっくり広がっていき、熱と潤みが体の奥からわきだした。

ケイトは、ショーンの手の下で全身を弓なりに反らした。胸のふくらみを覆っていた彼の指が硬くなった頂を摘みとろうとする。その刹那《せつな》、頭の霧が晴れ、ケイトはあることに気づいた。彼の高まりが体に当たっているだけなのに、バージンだったころのように欲望をそそられているのだ。

彼女が驚愕したのもつかの間、ショーンがうなり声をあげながら、彼女のトップを引き下ろした。青白く柔らかなふくらみと張りつめたその頂があらわになる。それを目にした彼が緊張するさまを見て、ケイトは再び頭がぼうっとなり、自分自身の反応におぼれていった。

ショーンは覚えているかしら？　感じて硬くなった胸の頂を、指の腹で撫でられるのが大好きだったことを。そうされると彼を求めて叫んでしまうこと、唇でゆっくり愛撫されると自制の垣根を飛び越えてしまうことを。

むきだしになった胸に彼の手を感じて、ケイトは震えた……触れてほしくて、待ち焦がれて。

「キャシー……」

彼女の名を呼ぶ声は、まるで、ショーンのどこか奥底からほとばしり出たような音だった。その声に、ケイトの体はびくっと反応した。

キャシー！　だけど、私はもうキャシーじゃないわ。私はケイト。それに、ショーンは私を愛してくれる人ではない。私を裏切った人！　我が子を認めない男！

吐き気がこみあげる。何もかもわかっていながら、どうしてこんなふうに感じるの？どうしてこんなふうに反応してしまうの？

キッチンのドアが開いた。そこに立って二人を見ているオリヴァーが目に入り、ケイトは凍りついた。

5

ショーンの反応のほうが速かった。ケイトは彼の体に隠れるようにして、オリヴァーを見た。ショックと罪悪感に顔を赤らめ、着ているものを整えてから、息子に近づこうとした。ところが、息子は母親の姿など目に入らないかのように、まっすぐショーンの方へ歩いてくる。

幼い我が子が彼に拒まれるのは耐えられない。ケイトは夢中で息子を止めようとした。だが、信じられないことに、ショーンは彼女の前に進み出ると、両腕を差しだしているオリヴァーを抱き上げた。

ショーンはケイトの子供を腕に抱いて、これまで経験したことのない心の痛みを感じた。母親に捨てられたとき、自分には子供をつくる能力がないと聞かされたとき、いや、ケイトを自分の人生から締めだしたときでさえ、これほど苦しくはなかった。

小さな頭が後ろへ傾き、真剣なまなざしがショーンの目をのぞきこんだ。ショーンはナイフで胸をえぐられたような気がした。あこがれと嫉妬《しっと》と絶望感のせいだ。オリヴァーが僕の子だったらというあこがれ。ケイトがほかの男に身をまかせたことへの嫉妬。そして、僕が今置かれている状況への絶望感。

ショーンはオリヴァーをケイトの腕にあずけ、裏口へ歩いていった。ドアの前で立ち止まって振り向き、苦痛をたたえた目で彼女を見つめる。「その子は、いつ生まれたんだ?」

ものの一分もたたないのに、オリヴァーはケイトの腕の中でうとうとしている。彼女はショーンに息子の誕生日を告げた。

わずかな間があってから、ショーンはかすれた声で言った。「つまり、僕と別れて二週間後にその子を身ごもったわけだな?」

キッチンの空気が重苦しくなり、ケイトは窒息するのではないかと思った。

「予定日の二週間後に生まれたのよ」彼女はショーンの非難まじりの言葉に答えた。「分《ぶん》娩《べん》の誘発を勧められたけれど、もう少し待ってとお願いしたわ。自然に生まれてほしかったから」

ケイトは目を閉じ、彼に背を向けた。思い出したくなかったのだ。あのとき、奇跡が起こる一縷《いちる》の望みに最後まですがり続けたことを。ショーンが現れ、我が子の誕生に立ち会ってくれるのではないかという望みに。

だが、彼は現れなかったし、息子の出産をともに喜んでくれたのは、病院のスタッフだけだった。

裏口のドアが閉まる音がして、ケイトは我に返った。ショーンは去った。でも、彼はもうずっと昔に、私とオリヴァーの世界から去っている。

だが、そんなふうに思ったところで、慰められるはずもなかった。心の傷はあまりに大きく、痛みはあまりに強すぎる。

ケイトは、息子の柔らかな巻き毛に頬をうずめて考えた。オリヴァーのDNA鑑定をすれば、ショーンが父親であることを証明できる。でも、ショーンが父親であることを拒む気なら、証明したところで意味はないのだ。オリヴァーをそんな苦しみにさらすわけにはいかない。ほかの男性とベッドをともにしたと責めるショーンに、その誤りを証明するつもりもなかった。

この苦しみは、昔とまったく同じだわ。私のプライドはどこに行ったの？　どうしてショーンの仕打ちをばねにして、私は強くなれないの？

オリヴァーはまだ腕の中で眠っている。だから、熱い涙を我慢しなくていい。ショーンは私ばかりか、いとしいオリヴァーも裏切ったのよ。

ショーンは髭剃《ひげそ》りの途中で肌を切ってしまい、顔をしかめながらかみそりを置いた。

「誰のせいでもない。おまえのせいだ」小さな傷から流れる血を止めながら、鏡の中の自分につぶやく。彼は傷のことを言っているのではなかった。鏡に見えているのも、自分ではなくオリヴァーの顔だった。

ケイトのあの目を見れば、オリヴァーを息子と認めない僕をどう思ったかは明らかだ。だが、僕の子だと彼女が信じこんでいても、断じてそんなはずはないのだ。僕自身が誰よりもよく知っている。

ショーンは目を閉じ、屈辱と自己嫌悪にこみあげる吐き気をこらえた。彼に子供をつくる能力がないことは医学的に証明されていたのだ。

もちろん、ケイトと結婚したときは知らなかった。知っていれば、あんなに子供を欲しがっていた彼女と結婚などしなかった。

ショーンは、結婚を破局に向かわせた診断のことを思い出した。

〝お話ししておくことがあります〟医師がきりだした。〝検査では精子の個数も確認しました。お気の毒ですが、あなたに子供ができる可能性はまずないと言わざるをえません〟

今なおショーンは、その場面を夢に見る。

初め、彼はその事実を受け入れられなかった。子供ができないなんて、そんなわけがない。僕は男盛りの健康な体の持ち主だ。何かの間違いだと言う彼に、医師は哀れみの目を向け、首を振った。医師は彼より二十歳ほど年上で、小柄なうえに腹が出ており、頭髪も薄くなりかけている。そんな彼がにわかに雄々しく見え、ショーンは自分が哀れな欠陥品になりさがった気がした。

彼の生まれ育った、生き抜くためには闘うしかない荒っぽい世界では、子供がつくれない者は本物の男とは認められない。

共通の知り合いについて彼の母親が友人と交わしていた会話がショーンの脳裏に浮かんだ。

〝かわいそうな男だよ、いまだに子供がいないなんてさ。これからだって、できそうにないね。あたしに言わせりゃ、あれはまるっきり男じゃないよ〟

母親が笑いながら口にした言葉にはあざけりが感じられた。

まるっきり男じゃない——僕のように。

別の記憶が浮かび上がった。

〝ああ、ショーン。子供が欲しくて待ちきれない〟今度はケイトの声だ。〝伯母夫婦のところみたいに子供がいない結婚生活なんて、私、いやだわ〟

ぞっとするというようにケイトが肩をすくめたのを、彼は今も鮮やかに覚えている。

〝心配するな。欲しいだけ、僕が産ませてやる〟とショーンは豪語した。二人が心から望んでいる子供を彼女に身ごもらせるのだと思うと、それだけで興奮を覚えた。そして、彼女とベッドをともにするたびに、新しい命を彼女の中に宿らせる自分の能力に誇りを感じた。自分にはそんな雄としての原始的な力があるのだ、と。

ところが、なかったのだ、あの医師によれば。

医師の言葉は、ショーンの現在や未来ばかりか、自信と誇りまで破壊した。あの瞬間に、彼は自分の思っていた男ではなくなった。単なる男でさえなくなったのだ。

オリヴァーを抱いたことで、決して自分には手が届かないという絶望が再び獰猛《どうもう》に彼を襲った。しかし、愛する女性にほかの男が産ませたあの子を、彼は憎めなかった。それどころか、引きつけられた。

オリヴァーが僕の子なら、どんなにすばらしいか！　そして、ケイトがまだ僕の妻なら！

僕を裏切って、ほかの男とベッドをともにしたのに？　ショーンの口元に苦い笑みが宿った。

ショーンの不実を突きつければ強力な武器になる、とケイトは考えたのかもしれない。だが、浮気の話はでたらめだった。離婚をするためについた嘘《うそ》だ。早く彼女を自由にして、子供を授けてくれる男を見つけさせたかったのだ。そのとおりになったのだから、こんな気持ちになるのは愚かというものだろう。

どこのどいつかは知らないが、ケイトと息子を捨てるとは、悪党で、大ばか者だ。

「新社長がずっとここにいるから、みんな驚いているわ。だって、彼はほかにも二つ会社を持っているのよ」

木曜日の昼食後、オフィスに入ってきたケイトに、ローラが言った。

「これって、リストラはないってことかしら？　この会社を続ける気がないなら、こんなに時間はかけないでしょう？　ねえ、ケイト？」相手が何も返事をしないのでローラは促した。「何か気にかかることでもあるの？」

「ごめんなさい。ゆうべよく眠れなかったから」ケイトは答えた。眠れなかったのは事実だ。

「なんだかやつれているみたい」ローラが言う。

やつれている！　ケイトは顔をしかめた。まばたきを繰り返したくなるのは、目が乾いてごろごろするからよ。泣きそうだからじゃないわ、絶対に。だって、ゆうべたっぷり泣いたでしょう。オリヴァーを起こさないよう、枕《まくら》に顔をうずめて。

ケイトはショックからまだ立ち直れないでいた。今でも、ショーンのことをちょっと考えるだけで、たちまち心の傷がうずきだす。

「ああ、いけない、もうこんな時間だわ！　私、行かなくちゃ」ケイトはローラの横をすり抜け、ドアへ向かった。

ケイトのショックと苦しみの奥には、積もり積もった怒りがあった。私がほかの男とベッドをともにしたなんて、ひどい！　オリヴァーを息子と認めないなどと、よくもそんな卑怯《ひきょう》なことが言えるものだわ！　息子のことを思い、ケイトは心配顔で携帯電話に目をやった。朝食のとき、オリヴァーはまた腹痛を訴えた。体温を計ったら平熱だったので、ほっとして保育園へ連れていったのだが。

デスクをいらいらと指でたたいていたショーンは、椅子を後ろへ押しやり、立ち上がった。片手で頭をかきながら、部屋を行ったり来たりして、ケイトに言うべきせりふを練習する。

慎重に言葉を選んでいる途中で、ショーンはいきなり足を止めて自問した。いったい僕はどうしたんだ？　離婚の際に申し出た金を受け取るよう、ケイトに言えばいいだけの話だ。断られたら、会計士に忠告されたとでも言えばいい。受け取ってもらわないと税法上こちらが不利益をこうむる、と。

これは、オリヴァーとはなんの関係もないことだ。ケイトが幼い子供を抱えて苦労している姿を見たくないだけだ。僕の子でもない幼い子供を気にかける理由はない。ショーンは社長室のドアを開け、ケイトを呼ぶよう秘書に命じた。

「ジェニーから電話をもらったわ。私に用があるとか」

「そうだ」ショーンはケイトにうなずいてからくるりと向きを変え、窓の外に目をやった。「修士号を取るのは大変だっただろう？」

らっ?

「ええ、まあ」ケイトは慎重に答えた。修士号のことなんかきいてどうするつもりかし

「オリヴァーがいたから、時間をつくるのに苦労しただろうね」ショーンはさらに言った。

「まあね」ケイトは認めた。

「どうして、あの子の父親に経済的な援助を求めなかったんだ?」

ケイトが答えないでいると、彼はくるりと向き直った。大きな窓から差しこむ光がこわばった顔を浮かび上がらせる。ケイトは深く息を吸ってから、鋭い口調で言った。「いったいどういうつもり? 罠《わな》にでもかけようというの? 時間の無駄よ、ショーン。あなたがオリヴァーの父親なんだから。いくらあなたでも、その事実は変えようがないわ」

ショーンの表情が硬くなり、そこに拒絶の意思が浮かぶのを見て、ケイトは胃がきゅっとねじれるのを感じた。

「時間を無駄にしているのは君のほうだ。オリヴァーは僕の子じゃない。それは、ありえない……」ショーンははっと口をつぐみ、大きく息を吸ってから続けた。「僕に押しつけようとしたって、そうはいかない!」心臓が跳ねているのはケイトのせいだ。なんとかこらえたが、僕はあやうく真実をぶちまけてしまうところだった!

ショーンの抑えた声ににじむ激しさを、当惑しながら受けとめていたケイトは、彼の最後の言葉に打ちのめされた。

「それより、僕が君に話したかったのは……」ケイトの携帯電話が鳴りだし、ショーンは言葉を切った。

ケイトは赤面してバッグから電話を取りだした。発信元がオリヴァーの保育園だとわかった瞬間、それまでの当惑とみじめな気分は吹き飛んだ。

「具合が悪くて、私を呼んでいるんですか？」ケイトは、電話の相手の言葉を繰り返した。どうしても声に不安が出てしまう。「けさ、あまり調子がよくなかったんです。でも熱がなかったので……」

ケイトはショーンに背を向けたものの、会話が彼に聞こえているのはわかっていた。

「それじゃ……なんとか都合をつけて……」言葉を継いだ次の瞬間、ケイトはくるりと体をまわされ、ショーンに向き合っていた。

彼は険しい顔で携帯電話を奪い、簡潔に告げた。「彼女は今からそちらに向かいます」

「なんの権利があって……」

ケイトの怒りを無視してショーンは電話を切り、彼女の腕をつかんでドアの方へ促した。

「僕の車で行こう。そのほうが早く着くし、君は安全運転ができる状態じゃない」

ケイトは反論したかったが、結局は彼に押されるようにして駐車場に出て、ショーンの車へと歩いていた。彼が助手席のドアを開けると、ケイトはしぶしぶ乗りこんだ。

「保育園の先生は、どこが悪いのかはっきり言ったのか？　医者の手配は？」運転席に座るなり、ショーンはエンジンをかけながらきいた。

ケイトは何も教えたくなかった。しかし意地よりも母親としての心配がまさった。「具合が悪いのは確かだわ。インフルエンザが流行《はや》っているらしいし。けさ、おなかが痛いって言っていたから」

「体調がよくないとわかっていて、保育園へ連れていったのか？」ショーンの声には非難がこもっていた。「どうして家にいてやらなかったんだ？」

ケイトは怒りのあまり声を荒らげた。「仕事があるのを忘れたの？　そう簡単に休むわけにはいかないのよ」

「休めるとも」ショーンはあっさり反論した。「君は母親だ。みんなわかってくれるさ」

「会社の人は、誰一人としてオリヴァーのことを知らないわ」ケイトは正直に言い、表情を見られないように顔を窓へ向けた。

「あの子のことを恥じているのか？」

「とんでもない！」かっとなって否定し、すばやく彼に顔を向けた。そしてようやく気づいた。ショーンは、彼女の反応を見越してわざと怒らせたのだ。

「だったら、なぜ？」

「いいかげんにして、ショーン。職場の女性の現実は、説明するまでもないでしょう？　子供がいたら採用しない会社だってあるのよ。それがシングルマザーならなおさらだわ。

私には今の仕事が必要だったの。最初の面接では、オリヴァーのことは黙っていた。それに採用が決まったあと、ジョンは幼い子供のいる母親は雇わない方針だとわかったの」

「その方針は法律に触れる」ショーンが指摘した。「とにかく、オリヴァーには君が必要だ。母親なしで成長することがどんなにつらいか、僕たちはよく知っているじゃないか。まったく！」

「オリヴァーには母親がいるわ」

「あの子が必要としているときにそばにいなければ意味がない」

苦しみを押しとどめている盾を、ケイトは支えきれなかった。苦しみが全身にあふれ、心を引き裂く。

「オリヴァーを息子と認めないあなたに、あの子の育て方をどうこう言われる筋合いはないわ」ケイトは手厳しく言い返した。目をしばたたいて悔し涙をごまかしたとき、車が止まり、彼女は保育園に着いたことを知った。

ケイトは外に出ようとドアに手をのばし、肩越しに言った。「送ってくれてありがとう」

だが、驚いたことに、彼はいなかった。すでに車を降りていて、助手席の側のドアを開けながら言った。「僕も行く」

「来てほしくないわ」ケイトは拒んだ。

「オリヴァーは医者に診せたほうがいいかもしれない」ショーンは淡々と言う。「そのときは、僕が運転していく」

医者と聞いて、ケイトは不安そうに保育園へ急いだ。ショーンと議論するより、今は息子のことのほうがずっと大事だ。

ケイトがドアを開けたとたん、オリヴァーの担任が駆け寄ってきた。

「オリヴァーはどこですか？　具合は？」ケイトはたたみかけた。心配そうに部屋を見まわすが、子供たちの中に息子の姿はない。

「大丈夫です。でも、眠っています」

「眠っている？　ですが――」

すると、横からショーンが口を出した。

「医者には診てもらいましたか？」

ショーンの穏やかな威厳に、相手も自然とあらたまった感じになり、ケイトはいらだった。

「私は看護師の資格を持っています。深刻な状態ではないと思いますわ。お昼前は少し元気がなくて、それから具合が悪くなったんです。でも、もう大丈夫でしょう……いくらか疲れているのではないかしら」担任はケイトに顔を向けた。「オリヴァーはなんだか動揺しているようですね。それが原因かもしれません。幼い子供はストレスがすぐ体に出ますから」

その声にとがめるような響きがあるのを敏感に察して、ケイトは顔を赤らめた。「オリーを連れて帰ります」

その様子をショーンがじっと見守っていたことに、ケイトは気づかなかった。

オリヴァーは、遊び部屋の隣の部屋で眠っていた。ケイトは彼を抱き上げようと、寝ているベッドに身を乗りだした。

「僕が連れていこう」

振り向いたケイトは、ショーンが彼女のあとからついてきていたことを初めて知った。

「自分でできるわ」ケイトは小声でそっけなく言い、ショーンの顔ではなく、スーツの肩のあたりに目を向けた。それが失敗だった。さまざまな願望をこらえなければならなくなったのだ。力強い肩に頭をあずけ、彼の腕に抱かれて、彼の声を聞きたかった。君の話を信じる、君を愛している、三人で一緒に家へ帰ろう、という声を。

ショーンの肩を見つめていたケイトは、ときおり襲ってくるあの孤独感と恐怖を、今、痛いほどに感じていた。喉も頭も痛み、胃がむかつく。眠っている息子をショーンが抱き上げる姿を目にするだけで、胸のつぶれる思いがした。

しっかりしなさい、とケイトは自分を叱《しか》った。こんな思いにとらわれている余裕は、私にはないのよ。

保育園の外に出たところで、ケイトはショーンの前に立った。「オリヴァーを渡して。

家まで抱いて帰るから」

「君が？　一人で歩くのさえおぼつかない様子なのに？」ショーンはぶっきらぼうに言った。

「私が抱いて帰るわ！」

それでも、ショーンはオリヴァーをケイトに渡そうとしなかった。

コテージに着いたとき、オリヴァーが目を覚まし、ショーンの腕の中でもぞもぞ動いた。ケイトはドアを開けて中に入り、息子に両手を差しだした。ところが、オリヴァーは母親にそっぽを向いて、ショーンの胸に顔をうずめ、また眠ってしまった。ケイトは大きな氷の破片を胸に突き刺されたような気がした。オリヴァーが私を拒んで、ほかの誰かを選ぶのは初めてだ。しかもそれがショーン、彼の父親だなんて。

「オリーを渡して」ケイトは険しい口調でショーンに迫った。「オリヴァーがもどしてスーツをよごされたりしたら、いやでしょう」

ケイトはショーンを抱き取ると、キッチンの壁際を占領している粗末なソファにそっと横たえた。

「いや、僕が何よりいやなのは、僕と別れたあと、君がさっさと別の男のベッドに入ったことだ！」

ショーンの唐突な言葉にケイトは身をこわばらせた。「あなたにそんなことを言う権利はないわ」

「承知しているとも」ショーンは怒りにまかせて言い返した。「僕は君に対するすべての権利を手放したんだからな！」

「私に対するすべての権利？」ケイトははっとした。かなり自虐的な思いがなければ、ここまで思いきったことは口にできないだろう。しかも、こんなに甘く挑発的な声で。よくないと知りつつも、彼女はいつの間にか、ショーンの唇に物欲しげな視線をさまよわせていた。彼女自身の体が、かつて彼に与えられた喜びをケイトに思い出させる。あれからもう、どれくらいになるのだろう……。

「ケイト、頼むからそんな目で僕を見ないでくれ」ショーンが警告した。

ケイトはうろたえ、あわててごまかそうとした。「どういう意味かわからないわ！」

ショーンが彼女の方へすばやく一歩踏みだした。彼の目の奥にくすぶるものが、彼女を興奮でぞくぞくさせる。

「嘘だ！　僕が何を言っているか、よくわかっているくせに」ショーンは厳しく責めた。「まるで唇に触れられるのを待ちきれないように、僕の口元を見ているじゃないか」

いったい、僕は何をする気だ？　ケイトにかかわる理由は、経済的な援助をするためだけだ。それ以外に理由はない。断じて。

そう言い聞かせたものの、数秒とたたないうちに、ショーンは自身の甘い声を聞いていた。「それが君の望みか、ケイト？　だったら……」

　彼の声は、それだけで彼女の体や感覚に、官能的な衝動を呼び覚ました。抵抗するつもりで目を閉じたのはかえって失敗だった。過去のさまざまな光景がどっと押し寄せてきたのだ。

　ショーンが二人のベッドに身を乗りだしている。ブロンズ色の肌に朝日を受け、欲望をたたえた鋭い目を輝かせて。ケイトが手をのばしてむきだしの胸に触れたとたん、クールな目が熱っぽく、性急になる。彼女はさらに手を下へやって……。

　知らず知らず、まるで彼の高まりが手の中にあるかのように、ケイトはてのひらを握ったり広げたりしていた。自分のしぐさにどきっとし、やましさに頬が熱くなる。

　ケイトは、そんな感覚を覚えた自分にも、そうさせたショーンにも腹が立った。「違うわ。あんなひどいことをしたあなたを、私が求めると思う？　結婚の誓いを破って、ほかの女性をベッドに引き入れるような人を？　何があろうとそんな人を求める気になるはずない――」

「同感だな！」ショーンは遮った。「今の言葉をそっくり君に返そう。君がひと月と待てずにほかの男とベッドをともにしたのを知って僕がどんな気持ちになったか、わかるか？　なぜそんなまねをした？　寂しかったからか？　それとも腹いせか？」

「していないわ、そんなこと」ケイトは震える声で答えた。ショーンの言葉が癒《い》えたはずの心の傷を鋭くえぐった。顔から血の気が失《う》せ、もはや何も言えない。

「明日は会社へ来なくていい。もし月曜日になってもオリヴァーの調子が悪い場合は、連絡してくれ。これは命令だ」ショーンはきっぱりと言った。「君の車は、ここへ運ぶよう僕が手配しておく」

ショーンはドアに向かって歩きだした。

6

オリヴァーを保育園へ連れていく途中、ケイトはキャロルに会った。

ケイトのげっそりした顔を観察して、キャロルが言う。「オリヴァーはウィルスを追い払ったようだけど、あなたは取りつかれてしまったみたいね」

「ゆうべはひどかったわ」先を行く男の子二人を眺めながら、ケイトは力なく認めた。

「パパは、なんだってできるんだ」

ジョージの自慢話がケイトの耳に届いた。

「まったく、男の子って！」キャロルが笑い、やれやれと首を振りながらケイトを見やる。

「ショーンだってどんなことでもできるよ！」

今度はオリヴァーの声が響いた。

キャロルに理解と同情のまなざしを向けられ、ケイトはみじめな気持ちで唇を噛《か》んだ。

「ショーンは、ずいぶんとオリヴァーに気に入られたものね」

キャロルは陽気に言ったが、内心どう思っているか、ケイトには想像がついた。胃の痛みについ顔をしかめてしまい、キャロルが心配する。

「本当はすごく具合が悪いんでしょう、ケイト？　寝てなくちゃだめよ！　ねえ、もうこのまま家に引き返したら？　オリヴァーは私が送っていくし、迎えにも行ってあげるわ」

「だめよ。仕事があるもの。オリヴァーの具合が悪かったから、金曜日も休んだの。これ以上は休めないわ」

「ケイト、仕事に行くなんてむちゃだわ。あなた、ひどい顔よ」キャロルは忠告した。「ほら、ごらんなさい！　震えているじゃないの。今度のインフルエンザは、症状が本格化したらかなり大変なのよ」

「ありがとう！　でも、とにかく大丈夫だから」ケイトはきっぱりと言った。

キャロルの顔を見れば、強がりが通じていないのはわかる。大丈夫のわけがなかった。きのうの朝、食べたものを吐いて以来、具合は悪くなる一方だ。頭はハンマーで殴られているようだし、昨夜は何度も吐いた。体じゅうの骨がうずいている。風邪と食中毒にいっぺんにやられたような気分だ。

今は頭痛がいっそうひどくなり、思わず目をつぶると、めまいがして気持ちが悪くなってくる。

「仕事なんて無理よ！」苦痛にゆがむケイトの顔を見て、キャロルは強く諭した。「どうやって会社まで行くつもり？　運転なんかできないわ。家に帰りなさい。子供たちを送ったら、すぐ様子を見に行くから」

また吐き気が襲ってきた。キャロルの言うとおりだ。ケイトはキャロルにオリヴァーを託して、家へと急いだ。暗い穴ぐらにでももぐって死んでしまいたいほどの頭痛も、人目もかまわずもどしてしまいそうな気持ち悪さも、おさまる気配はなかった。

ケイトが帰宅して三十分後、キャロルがやってきた。ケイトは彼女のノックにも、裏口から入ってくる物音にも気づかなかった。

「よかった、むちゃをしないでくれて」ケイトがちゃんとベッドに寝ているのを見て、キャロルは安堵《あんど》した。「付き添ってあげたいけど、母を病院へ連れていく約束があるの」

「私なら平気」ケイトは弱々しく言った。「頭痛がひどいから、眠りたいだけなの」

「本当にそうならいいけど……」

「本当よ」ケイトは言い張った。しかしキャロルが行ってしまったあとで、会社にこの状況を連絡してもらうべきだったと後悔した。

自分で電話をすると思うだけで疲れる。それに、また吐きそうだ……。

ケイトのいないオフィスを見まわして、ショーンは顔をしかめた。なぜ電話をしてこないんだ？　オリヴァーが、実はひどい病気だったとか？

ケイトから連絡がない理由を確認するのは、僕ではなく人事部の仕事だ。僕は彼女の雇用主、それだけの関係なのだから。

ショーンの顎の筋肉がぴくぴく動いた。自分に嘘《うそ》をついてどうなるというんだ？

今日、ショーンは重要な会議のために本社へ戻り、来週まで戻ってこない。彼はいたたまれなくなり、人事部の女性社員にケイトの自宅の電話番号をきいた。女性社員は驚いたかもしれないが、それを顔に出さないだけの分別をわきまえていた。

ショーンは社長室で電話をかけた。呼び出し音が鳴り続けるばかりで、ケイトはなかなか出ない。みるみる彼の表情が険しくなっていった。


熱に浮かされてうとうとしながら、ケイトは電話の鳴る音を聞いていたが、起き上がる気力も体力もなかった。


ケイトの留守番電話機能が作動したとたん、ショーンは電話を切った。どこに行ったんだ？　いやな想像が彼をさいなむ。ケイトが病院の待合室に座っていて、医療スタッフがオリヴァーの小さな体を運んでいく……。苦悩と不安、そして二人のもとへ飛んでいきたいという思いがまじり合って、たちまちショーンの心を占領した。

別にオリヴァーでなくても、幼子を心配するのは人として当然だ。それに、オリヴァーには僕と同じで父親がいない。それがいかにつらいことか、僕は身をもって知っている。

ショーンは本社に短い電話を入れ、会議は中止にした。オリヴァーが病気だというのに、会議を開いている場合ではない。

何度電話をかけても結果は同じだった。そのことを頭から追い払って不安を断ち切ろうとしたが、無駄だった。午後になると、ショーンは目を通すべき書類を放《ほう》りだし、上着に手をのばした。

ショーンがケイトの家に着いたとき、裏口のドアが開いていた。不安げな三つの顔がさっと振り向く。そのうちの二つに安堵の表情が浮かぶのを見て、彼は事情を理解した……いくらかは。

「ショーン!」

駆け寄ってきたオリヴァーを、ショーンはごく自然に腰をかがめて抱き上げた。「ああ、よかった」

「ママが、ひどい病気なんだ」

その言葉に、オリヴァーを抱くショーンの手に力がこもった。

「かなりひどいわ」キャロルが説明した。「保育園からオリヴァーを連れて戻ったら、とても具合が悪そうで、お医者さんを呼んだくらいなの」

ショーンはキャロルの傍らに立つ中年男性に目をやった。

「どうやらインフルエンザで、とくに悪性のものにかかったようです」医師は陰気な顔で言った。「脱水症状を起こしているし、体も弱っている。あれでは子供の面倒どころか、自分のこともまともにできないでしょう。誰か、水分を充分にとらせて、世話をする人間が必要ですね」医師は訴えるようにキャロルを見た。

彼女は唇を噛み、つらそうに口を開いた。「ふだんなら喜んで子供を預かるんです。でも……」

「その必要はないよ」ショーンが口を挟み、きっぱりと宣言した。「僕がそばにいて、彼女とオリヴァーの面倒を見よう」医師が渋い顔をしたので、ショーンは言い添えた。「僕は彼女の元夫です」

キャロルが帰ったあと、医師はショーンに言った。「忠告しておきますが、彼女は意識が混濁し、もうろうとしています。そのうちおさまりますけどね。熱も高いし、腹部は痙《けい》攣《れん》を起こしている。薬をのませたので、今後十二時間は今より楽になるでしょうが、快方に向かうのはずっとあとに――」

「なぜ入院させないんです?」ショーンは食ってかかった。

「理由はいくつもありますよ」医師は答えた。「まず、病室が用意できそうにないこと。そして、彼女には子供がいること。入院となれば子供への影響が心配です。それに、彼女の具合はよくないが、病状は差し迫ったものではない。ただ、世話をするのは容易ではないと思います。考え直すなら、今そう言ってください。この子を預ける児童保護施設と、ケイトの訪問看護を手配する必要があるので」

「児童保護施設！　そんなものは必要ないし、訪問看護も無用です。僕が面倒を見ます」

医師は、内心ほっとしていた。インフルエンザの流行で、医療関係者の手が足りないのだ。

「結構。では、あなたのやるべきことを説明しましょう……」

ショーンは暗い気持ちで、医師の指示を聞いた。

医師が帰ると、それまで腕の中で眠そうにしていたオリヴァーが、ショーンを見上げた。

「ママはいつよくなるの？」

「すぐだよ」ショーンは穏やかな声で安心させたが、心の中は不安でいっぱいだった。

十分後、ショーンはベッドの脇《わき》に立って、ケイトの青ざめた顔を見ていた。ほとんど身動きをせずに横たわっている姿に、彼の不安はますますつのった。彼女の左手は羽毛の上掛けの上に置かれていて、その指に指輪はなく、爪も磨かれていない。美しく、華奢《きゃしゃ》な手首だったな、と彼は思い出した。会って最初に目を引かれたのが手首だった。あのころより、いっそう細く見える。

ふいにケイトが動いて、手首が返った。肌に青い血管が透けて見える。間をおかずに彼女は額に汗をにじませ、うめき声をあげて震えだした。まぶたが開き、混乱した様子で目を見開く。彼と目が合うと、ケイトは当惑した表情を浮かべた。

「大丈夫だよ、ケイト」ショーンはぼんやりと自分を見上げている彼女に言った。

「頭が痛い」ケイトは悲しげに訴えた。

「ちょっと起き上がって、医者が置いていった錠剤をのんだらどうだい？」ショーンは優しい口調で勧めた。「熱が下がって、楽になるはずだ」

ケイトはおとなしく従おうとしたが、体を起こすのもひどくつらそうだった。

抵抗されないうちにと思い、ショーンはすばやくベッドに腰を下ろし、彼女の体に腕をまわしてから、つぶれた枕《まくら》をふくらませた。

ケイトの木綿のナイトドレスは、汗と熱気で湿っていた。彼の腕に支えられている体が激しく震えだし、歯ががちがち鳴っている。

少しの水を飲むのさえ難儀そうで、見ているほうがつらくなるほどだった。

「喉がすごく痛くて」グラスを押しやりながら、ケイトはかぼそい声で訴えた。「体じゅうが痛い」

ショーンは思わず彼女の額に手を置いた。

「気持ちいいわ。ひんやりして」

ケイトの言葉と燃えるように熱い肌が駆りたてる興奮に、ショーンは耐えなければならなかった。

「暑くてたまらない」ケイトが訴えた。

「悪性のウィルスにやられたんだ」

「お仕事の邪魔をしたくないわ、ショーン。アンダーソンの契約が終わるまでは」

目を閉じた彼女を寝かせてやりながら、ショーンは眉を寄せた。アンダーソンの契約とは、結婚して間もないころ、彼が請け負った仕事だ。

〝意識が混濁している〟と医師は言っていた。それに、体は汗びっしょりで燃えるように熱いのに、激しく震えている。

かつて恋人であり妻だったケイトの体には、どんな秘密もない。僕に奔放に身をまかせたのは彼女だし、彼女が女性としての喜びを見いだす手助けをしたのは僕自身なのだから。とはいえ、濡《ぬ》れたナイトドレスを脱がせるとき、ショーンの筋肉はひきつり、ボタンでとまっている前をはだけて白い胸をさらしたときは、わき上がる獰猛《どうもう》な欲望と闘った。彼は元妻の悩ましい姿を無視して、彼女の病気のことだけを考えようと努めた。

洗濯ずみのナイトドレスを探すのに引きだしを開けるのはためらわれ、高熱で汗ばんだ体をふいたあとは、タオルで包んだ。

さっぱりしてケイトの様子が落ち着くと、ショーンは安心して、彼女を羽毛の上掛けにくるんだ。

「ショーン？」

ケイトが目を覚ましたのを知って、ショーンはぎくっとした。「なんだい？」

に落ちた。

「あなたを、すごく愛してる」ケイトはそれだけ言ってかわいらしくほほ笑み、また眠りに落ちた。

鋭い痛みがショーンの胸を走る。目の奥が焼けるようだった。

午前二時。ショーンは疲れきっていた。ケイトの熱は少し下がったようだ。オリヴァーは自分のベッドでぐっすり眠っていた。

ショーンはあくびをこらえ、髪をかき上げた。目がごろごろしている。彼はベッドの空いている半分に視線を向けて考えた。あそこに横になってわずかな時間まどろむくらいは許されるだろう?

ケイトは救いようのない苦しみを感じていた。喪失感と不信感とパニックが心をずたずたに切り裂く。混乱した夢の中で、彼女はがらんとした暗い家にいた。鉛のように重い足を動かし、部屋から部屋へとショーンを求めて走った。冷たい恐怖に心臓をつかまれて。ショーンが行ってしまった。彼を失うなんて、とても耐えられない。彼のいない人生なんか考えるのも恐ろしい。彼に見捨てられ、私は一人ぼっちになってしまった。その耐えがたい苦しみから逃れようとして、ケイトは夢の狭間《はざま》でじたばたともがきながら、ショーンの名を叫んだ。

ケイトの叫び声でショーンは目を覚ました。

「ショーン？」

繰り返される叫びに、ショーンは恐怖を感じ取った。薄暗い中でも、ケイトが震えているのがわかる。

「ケイト、大丈夫だよ」安心させようとしてショーンは身を乗りだし、彼女の肩をつかんだ。

ケイトは目を開けた。悪夢からようやく抜けだし、安堵のため息をついた。確かにショーンがいる！　ここにいる！　私を捨てたんじゃなかったのね！　悪い夢を見ていただけなんだわ。

ほっとしながらも、何か引っかかるものがある。認めたくない何かが。ケイトはそれを頭から追いだし、ショーンがいるという安心感に逃げこんだ。だが、あの悪夢の暗い影を消してしまうには、彼がここにいるというだけでは足りなかった。

本能的にケイトはショーンに近づいた。頭は混乱していてうまく働かないけれど、感覚は研ぎ澄まされている。ケイトは彼の温かい体から立ちのぼる匂《にお》いをかいで、全身をわななかせた。興奮に体が支配されていく。

「ぎゅっと抱いて、ショーン」ケイトは震える声で懇願した。「あなたがいなくなる夢を見たの……。それで、わけがわからなくなって。なんだかまともにものを考えられない……」

「君はインフルエンザにかかったんだ。それで高熱を出したんだよ」ショーンは静かに言った。

「きっと意識がもうろうとしていたのね」ケイトは笑おうとしたが、全身が激しく震えて思うにまかせなかった。「すごく怖かったわ、ショーン。夢でね、家じゅうを捜しても、あなたはいないんだもの」

彼女の目に涙があふれるのを見ながら、ショーンはなすすべもなく聞いていた。熱のせいでケイトの顔はほてり、目はうつろだ。彼女が身を寄せてくるので、ショーンは後ろへ下がった。しかし時すでに遅く、ケイトは彼にもたれかかった。

ショーンは喉が締めつけられる思いだった。この状態はまずい。今の僕の役割は、看護と保護だ。だが、熱に浮かされ混乱している彼女に、どう説明すればいい？　そもそも、説明してわかるとは思えない。

すると、ケイトが身じろぎをして、ためらっている彼の顔を不安げに見つめた。「ショーン？」彼の肩をつかむ。そしてショーンが止めるより先に、彼女はさらに寄り添い、彼の胸に顔を押し当てた。

ケイトは、安心感を与えてくれるショーンの体にすり寄った。なじんだ香りをかぐだけで、気持ちが落ち着く。落ち着くですって？　ショーンに寄り添って、興奮せずにいたためしがあるかしら？　ケイトは心の中でほほ笑んだ。心臓がどきどきして、なんだか体に力が入らない。ばかみたいに体が弱っているのにショーンをものすごく意識し、彼に寄り添っていたいという思いが官能を刺激する。

いまわしい夢を見て傷つき、ショーンと触れ合うことでしかその傷を癒《いや》せないみたいだわ。ケイトはもう考えるのをやめ、彼の胸に鼻をこすりつけた。そして彼がまだ愕然《がくぜん》としているあいだに、顔を上げて彼の肌に唇を押し当て、物憂げに、ゆっくりと愛撫《あいぶ》した。

ショーンは、にわかに全身がこわばり、鼓動が一気に速まるのを感じた。こんな展開は想像だにしなかった。もちろん、こんなふうに仕向けるつもりもなかった。

なのに、こうなってしまった……。

それなら、この現実と闘わなければならない。半ば重なるように密着したケイトの体が駆りたてる、このうずくような喜びと闘うのだ。柔らかな唇に肌をくすぐられておののく自分の感覚も、認めてはいけない。

こんなことはやめさせなければならない、今すぐに。そうしないと、僕は自制心を失い、許されざる道を突き進みかねない。ケイトが元気なら、絶対に許すはずがないのだから。

心を決めて、ショーンはケイトの両腕をつかんだ。自分の体から彼女を下ろして、今は空いているベッドの片側へ戻すつもりだった。ところが、彼女はうめき声をあげ、すがりついてきた。

ショーンは息をのんだ。ここで終わりにしなければ。「ケイト……」

「うーん……」彼女は恍惚《こうこつ》のため息をつき、ショーンの唇の端にキスをした。

どうしようもなく、ショーンは応じた。内なる声がどなりつける。ケイトは病気だ、彼女は自分が何をしているかわかっていない。おまえにキスをし、触れているからといって、それに乗じてはいけない。

ショーンがやっとの思いでケイトの愛らしい顔から唇を離すと、彼女がうろたえた様子で見上げた。

やめるんだ。ここで終わりにしろ。ショーンは厳しく自分を戒めた。しかし、混乱したケイトの目を見ているうちに、彼女を抱き締め、そんな目をしなくなるまでずっと腕に抱いていたくなる。

上掛けがずり落ち、胸のふくらみがあらわになっていた。窓から差しこむ月光が、そのふくらみを白く輝かせ、中央でとがっている先端をくっきりと浮かび上がらせている。

ショーンの目がむきだしになった自分の胸に吸い寄せられているのを見て、ケイトはうっとりした。でも、熱いまなざしにさらされる以上に、もっと感じたい。全身に震えが走り、彼女はあえいだ。

ショーンは反射的に彼女の唇に自分の唇を寄せた。

ケイトはうれしそうにショーンに身をゆだね、驚くほどの力で彼を引き寄せた。彼に応じて唇を開いたとき、彼女の体はがくがくと震えた。

ショーンの自制心は今や限界を超えかけていた。思い焦がれ、ずっと愛してきた懐かしい彼女を両のてのひらに感じる。そんなつもりはなかったのに、胸のふくらみに触れ、ゆっくりと愛撫すると、ほどなくてのひらの中で甘く張りつめていく。さらに意に反して、ショーンの指は彼女の腿をそっと撫《な》でた。くそっ、こんなことは許されない。意識のあやふやなケイトにできない以上、僕が踏みとどまるべきなのだ。やめよう。彼女を抱かなければ死んでしまうなどと考えてはいけない。

欲求が、ショーンの良心を、自制心を、打ち負かそうとしていた。張りつめた胸の頂が彼のてのひらを押し返す感触、みずみずしい唇が肌に当たる感触に、彼は圧倒された。

わかっている。開かれた脚の付け根へこの手を移動させるだけで、あの快く潤った、温かい感覚を得られることは。

ショーンは彼女の顔を両手で包み、キスをした。やがて彼の口の下で、彼女がじれたようにうめく。そして、ついに彼が秘めやかな場所を探ると、ケイトは同じ激しさで彼の高まりを探った。

ショーンは彼女の胸にキスをした。初めはゆっくり、それから激しく。彼が敏感な胸の頂に舌を這《は》わせると、ケイトは欲望に身を震わせ、彼が頂を歯でくわえると、彼女は女性としての奥深い喜びに声をあげた。

ケイトは、脚の付け根にある彼の手に自分の手を重ね、いっそうの愛撫を促した。こうなる運命だったのだ、とショーンは思った。ケイトとの親密な触れ合いが正しく自然なことに思えたからこそ、ショーンはつかの間、現実を忘れ、彼女への愛に没頭した。ショーンが愛撫を深めたとたん、ケイトは悲鳴をあげ、体を燃え上がらせた。安心を求めているのか、彼の腕に両手をからませる。そして、驚いたような小さな叫びがとぎれたかと思うと、恍惚となって身を震わせた。

「ショーン」

ケイトがうっとりした声でうれしそうにささやき、彼の顔にさわろうと手をのばした。だが、目的を達する前に、彼女はあっけなく眠りに落ちた。

ショーンは呆然《ぼうぜん》としていた。ケイトが熟睡しているのを確かめてからそばを離れる。わからない。僕はなぜやめなかった？　どうして自制できなかったんだ？　なぜ欲望に屈してしまったんだ？　自己嫌悪が、巨大なハンマーの一撃さながらにショーンを打ちのめした。

不幸な生い立ちはショーンの心を深く傷つけたが、彼の心の底には、男は女子供を守るものだという古めかしい考えが息づいていた。それはショーンの人格を支えている大切な部分だった。彼は愛する女性を守る男なのだ。どんなことからも、誰からも、場合によっては彼自身からも。だからこそ、ケイトと別れたのではなかったのか？　自分には与えてやれない子供をほかの男から授かることを願って。

守るということは、ショーンの人間性を成り立たせるうえでとても重要な要素だった。それがあってこそ、彼は自分自身に誇りを持てるのだ。

だとしたら、今の自分をどうして誇れるだろう？　ショーンは自分に腹が立ち、部屋を行ったり来たりした。

ベッドで声があがった。泣き声、それから不明瞭《ふめいりょう》な言葉が続く。ショーンはどきっとして、ケイトのそばへ行った。

また体温が上がっていた。薬をのませようとショーンがケイトを起こすと、彼女はうつろな目を向けた。僕が誰かさえ、わかっていないに違いない……。

熱が下がって目が覚めたとき、ケイトは何があったか覚えているまい。というより、覚えていたいとは思うまい。僕にすがりついて愛を乞《こ》うたことを知れば、彼女は自己嫌悪に陥るだろう。それはわかっている。

しかし、彼女を寝かせ、その熱い肌に浮かぶを汗をふいているとき、ショーンは思った。自分は絶対に忘れないだろう、と。心の奥に、この肌の記憶をしまっておこう。そこにはもう、ケイトに関する記憶がぎっしり詰まっているけれど。

ショーンは憂鬱《ゆううつ》な思いで、彼女から目をそむけた。決して彼から去ることのない苦しみが、はらわたを引き裂こうとしている。この小さな家にいるだけで、苦しみは増すのだ。ここには、僕が永遠に愛し続ける女性がいる。命と引き換えにしても、その女性に与えてあげたかった子供もいる。オリヴァーを僕の息子だとケイトが言い張ったとき、僕がどんな思いをしたか、彼女が知ることはない。

ケイトは、閉じたまぶたに暖かい日差しを感じた。寝室の窓に日が当たるのは午後になってからなのにと思い、彼女は不安を覚えた。

目を開けた彼女はベッドで半身を起こそうとしたが、弱った体を支えきれず、枕に倒れこんだ。ショックと恐怖に襲われる。家の中がしんとしているので、いっそう恐怖が増した。

オリヴァーはどこ？　私はどうしてベッドにいるの？　起きてあの子を捜さなければ。

震える手で上掛けを押しやり、彼女は見覚えのないナイトドレスを着ていることに当惑した。淡い緑色のそれは、胴と裾《すそ》の部分に贅沢《ぜいたく》なレースがあしらわれた上等なものだ。

ケイトは思わず生地にさわった。前は、ずっと前は、こういうものを持っていた。めったに着なかったけれど。

彼女の表情がさっと変わった。あれは、ショーンが肌を合わせて眠るのを好んだからだ。私もだけど。胸を騒がせる淡い記憶……恋人同士のように彼と抱き合う光景が頭に浮かび、彼女は身を震わせた。なぜか、そのぼんやりした光景をはっきりさせなくてはいけない気がした。

心臓が激しく打っている。ケイトは混乱してめまいを起こしそうだった。ゆっくりと床に足を下ろして立ってみる。脚がふらついて、ベッドの端につかまらなくてはならないことにショックを受けた。

バランスをとろうとしていたとき、寝室のドアが開いた。安堵の思いは、現れたのがショーンだと知って困惑に変わり、ケイトはベッドの方へあとずさった。ショーンはその場に立ち尽くしている。

現実だったとは思えない、思い浮かべたくもない光景が脳裏に次々とひらめき、ケイトを苦しめた。記憶は錯綜《さくそう》しているが、それは紛れもなく、彼女がショーンに寄り添い、抱いてと懇願している光景だった。

吐き気も頭痛も、どちらもひどすぎる。ケイトは彼の顔を見ることさえできなかった。頭がずきずきして、体がいっそう弱っていく気がする。

「オリヴァーはどこ？」彼女は不安な気持ちできいた。「あなたはここで何をしているの？」

「オリヴァーは保育園だ。僕がここにいるのは、君たちの面倒を見る人間が必要だったからだ」

「私たちの面倒を？　あなたが？」落ち着こうとしても、声がきしむ。「どうしてあなたが？」

「どうして僕じゃいけない？　僕は君の元夫だ」ショーンは肩をすくめた。

「私の、元夫？」

「ほかに誰もいなかったんだ、ケイト」ショーンは優しい声で言った。「キャロルは手伝いたくても家族がいる。一時は僕も病院のほうがいいかと――」

「病院？」ケイトは息をのんだ。

「君はひどいインフルエンザにかかったんだ」ショーンは辛抱強く説明した。「さあ、もうベッドに戻ったほうがいい」そう言ってケイトに近づく。

「だめ！　さわらないで」彼が抱き上げるそぶりを見せたため、ケイトはうろたえた。

ショーンに見つめられ、肌が燃えるように熱くなる。すぐそばに彼がいるだけで、心騒ぐ記憶がまざまざとよみがえった。それが熱に浮かされたための空想ではないことを、ケイトはみじめな気持ちで悟った。実際に起こったから、記憶にあるのだ。思い出すのも屈辱的な言動を、私自身がしたのだ。

ケイトはショーンが嘲笑《ちょうしょう》するのを待った。さわるという行為以上のことを、君は僕に懇願したじゃないか、と。だが彼は何も言わず、身をかがめて彼女を抱き上げ、ベッドに横たえた。

「君はまだ回復していない」そのとき、玄関の呼び鈴が鳴った。「医者だ。出迎えてくるよ」

彼が出ていったとたん、ケイトは額に手を当て、何が起こったかはっきりさせようとした。情けないことに、体は、ショーンが与えた快感ばかりを思い出す。そして頭の中では、抱いてほしいと彼に懇願する声がこだましている。

寝室のドアが再び開いて、ショーンが心配顔の医師を従えて入ってきた。

「ああ、ケイト、気がついたんだね。よかった！　きっと、ご主人の看護がすばらしかったんだな」

ご主人！　ケイトは、もう彼とは別れていると医師に指摘したかった。だが、その気力もない。怖いくらいの衰弱に、彼女はおびえた。

「これで峠は越した。だが、治ったわけじゃないよ。まだまだだ」医師はきっぱり言った。

「どれくらいで回復するんでしょう？」ケイトは声に空元気を込めて質問した。医師が見透かしたような目を向けてきたので、ばつが悪くなる。

「そう、むちゃをしないで、私の言いつけを守れば、三週間ほどかな」

「三週間！」ケイトは目を見張り、上半身を起こそうとした。「そんなの、だめだわ！　新しい仕事を探さなくちゃならないのに！　インフルエンザにかかったくらいで……三週間も待てません！」

「君の症状はかなり重い。脅かすわけではないが……」医師は言いよどんだ。「もともと体が丈夫なのが幸いしたんだ。それから仕事のことだが……」医師は首を振った。「当分は許可できない」

「仕事なんてしませんとも、先生」ショーンが割って入り、ケイトに警告の一瞥《いちべつ》を投げてから、すらすら続けた。「いずれにせよ、彼女を働かせる会社はないでしょう。完治したという医師の証明をもらうまではね」

ケイトには医師を送りだすショーンをにらみつけるのが関の山だった。

ショーンが戻ると、彼女はきっぱり言った。「三週間も休んでいられないわ！　病気にならなければ、今ごろは新しい仕事を見つけているのに」彼が黙っているので、ケイトはかっとなった。「働かなければならないの。子供がいるし、住宅ローンだってあるんだから」

「そのことはあとで話そう」ショーンはさっさと話を切り上げた。「オリヴァーを迎えに行く時間だから」

ケイトは反論したかったが、頭が痛みだし、黙って彼を見送るしかなかった。

完治するまで三週間もかかるなんて、とんでもないわ！　あのお医者さん、きっと大げさなのよ。ケイトは顔をしかめた。

ショーンが出かける気配がしたとたん、ケイトは上掛けを押しやった。それだけでも腕が痛んだが、彼女は無視を決めこんだ。だいたい、私はまだ二十代よ、九十代じゃなくて。自分にそう言い聞かせ、めまいさえも無視した。

ケイトは床に足を下ろして立った。ところが脚が体を支えきれず、あわててベッドにつかまった。そうね、いくらか体に力が入らないことは認めるわ。でも、それはずっとベッドで寝ていて、筋肉を使っていなかったせいよ。

その拍子に、ケイトは自分がベッドでしたことを思い出してしまい、顔が熱くなった。それに、ベッドにつかまっていると、さまざまな光景が切れ切れにぼんやり頭に浮かんでくる。たくましい腕が彼女の体を抱き上げ、支えて水を飲ませている。気遣わしげな手が、彼女のほてって痛む肌を撫でる。影のようにはっきりしない姿だが、とても安心できる人が世話を焼いてくれて、それどころか、してほしいことを先取りしてやってくれている。

どれくらいのあいだ、熱に浮かされた状態だったのだろうと思い、ケイトは震える手で髪をさわった。さっぱりしているし、柔らかい。そのとき、息をのむような光景が、ぱっと頭にひらめいた。自分がシャワーの下でショーンに支えられ、べとついた不快な体を洗われている光景が。

何もかも、ショーンがしてくれたんだわ。まるで……まるで、まだ愛し合っている夫婦のように。まるで、まだ私を愛しているみたいに！

だけど、彼はほかの女性のために私を捨てた人。ケイトは、痛む足をよろよろと動かした。私だけのものだと思っていた愛を、ほかの女性に分け与えたのよ。胸の奥底に彼への思いを秘めていても、あの裏切りを忘れてはならない。

胸の奥底に秘めた彼への思い？　そんな自分の心を認めまいとすると、胸が締めつけられた。ケイトは歯を食いしばって三歩進んだ。それ以上は足が体を支えきれず、彼女は悲鳴をあげて床に倒れた。

十分後、ケイトは再びベッドにいた。体じゅうを殴られて傷だらけになったような気がする。どこもかしこも、ずきずきとうずく。

ケイトはこれまで病気知らずだった。深刻な痛みを経験したのは出産のときくらいだが、今とは状況が違いすぎる。

こんなに体が弱って痛いのは初めてで、ケイトは怖くてたまらなかった。ケイトは誰であろうと人に頼りたくなかった。それがショーンとなれば、制御のきかない感情に翻弄《ほんろう》されてしまう。でも、そんな感情と折り合っていくしかない、と彼女は歩いてみてわかった。医師の言うとおり、私は子供の世話や職探しどころか、今は自分の面倒も見られない！

悔し涙に目の奥を焼かれ、続いて恐怖に襲われた。どうするの？　あんなに頑張って仕事をしてきたのに、こんなことになるなんてひどい。経済的にやっていける希望が、やっと見えてきたところなのに。

そのときドアの開く音が聞こえたので、ケイトはまばたきをして涙をこらえた。

興奮した声をあげて、息子がショーンより先に部屋へ駆けこんできた。おかげで心は軽くなったが、ケイトはすぐに眉をひそめた。オリヴァーが見覚えのない新しい服を着ているのだ。

彼女の気持ちを察したように、ショーンは説明した。「雨のせいで洗濯物が乾かなくてね。だから、新しいのを買ったんだ」

ベッドに這い上がろうとするオリヴァーに手を貸してやるとき、ケイトはその服のラベルを見て、口元をぎゅっと引き締めた。高価なデザイナーブランド！　私に買えるのは、質のよい古着か、せいぜいチェーン店の新品なのに。

「ママ、ちゃんと目が覚めたんだね！」オリヴァーは顔を輝かせ、うれしそうにキスをした。「ほら、ママのために描《か》いたんだよ！」手にしていた紙を誇らしげに見せる。「ぼくと、ママと、ショーン。それとね、三人で住むショーンのおうち」

ケイトははっとして、息子を腕に抱いたままショーンをにらんだ。胸の鼓動がずしりと響き、息が苦しい。「どういうこと？」

ケイトが問いかけたとき、すでに彼はオリヴァーをベッドから抱き取っていた。「さあ、階下《した》へ行って、ママにお茶をいれよう」オリヴァーに言ってから、ケイトに声をかける。「話はあとで」

「ねえ、そのあとご本を読んであげるね、ママ」オリヴァーがうれしそうに言う。「ぼくたち、毎晩ママにお話を読んであげたんだよ……ね、ショーン？　ママは、ちゃんと起きていなかったけど。でも、たくさん眠ったから、よくなったんだよね」オリヴァーの言葉はケイトの胸を打った。「たくさんお水を飲まないとだめだってさ。そうだよね、ショーン？」

「たくさんのお水と、次はちゃんとした食事だ」ショーンが静かに言った。

彼がオリヴァーを連れて出ていったあと、ケイトは思わず涙ぐんだ。

自分の病気がオリヴァーの心にどう影響するかと案じていたのに、心配は無用だったのだ。オリヴァーにはショーンがいたのだから。父親が。

ケイトの中で、苦しみが大きくうねる。あんなふうにオリヴァーに接するショーンが、どうして、彼の息子だということについてはああもきっぱり否定するのだろう？　それに、一緒に住むなんて、オリヴァーは無邪気に言っていたけど！

疲労感が、眠るまいとするケイトをのみこんだ。

五分後、ショーンが寝室に入ったとき、彼女は熟睡していた。彼は、ポットに入れた紅茶とできたてのオムレツをのせたトレイをベッドのそばに置いた。額に深いしわを寄せ、身を乗りだして彼女を見る。もう峠は越したと医師は言った。そしてケイトはすっかり意識を取り戻している。

起こしたくはないが、体力を取り戻すためには、食べさせなくてはならない。

彼女に触れようとして、ショーンは手を止めた。食料品やオリヴァーの服と一緒に買ったナイトドレスの肩ひもが外れて、肩がむきだしになっている。

彼女の世話をしてきた彼は、ごく自然に、何も考えずに肩ひもをつまみ、引き上げようとした。

その瞬間、ケイトが目を覚まし、身を乗りだしているショーンに気づいて全身をこわばらせた。

午後の日差しを浴びている彼の姿を見て、ケイトは喉の奥で小さくうめいた。彼に打ち明けたことはないけれど、今でも覚えている。出会ったころ、ショーンが働いている工事現場をわざと通りかかり、彼の裸の上半身に、むさぼるような視線を注いでいたこと。そして、危険な興奮を感じて、全身がざわついたこと。ちょうど今のように。

こんなふうに反応してはいけない。ケイトは厳しく自分を諫《いさ》めた。弱気になって、ショーンに心を動かされてはならないのだ。彼にどれだけ傷つけられたかを忘れてはだめ。もっと忘れてならないのは、彼がオリヴァーを傷つけかねないということよ。

息子を思う一心で、ケイトはショーンの顔から目をそらし、肩に置かれた手をにらみつけた。

「私とオリヴァーにいくら使ったか、教えてちょうだい」ケイトは硬い口調できりだした。

肌に当たる生地の感触で、ナイトドレスが自分には高価すぎるものだとわかる。彼に借りはつくりたくない。たとえわずかな蓄えを、こんな無駄な贅沢に費やす羽目になっても。「話があるんだ」ショーンが静かに言った。「だが、まずその前に、君は何か食べるべきだ」

ケイトは反発してショーンをにらんだ。食欲がないと言いたかったが、先に彼が言葉を継いだので、声にはならなかった。

「医者の命令だよ、ケイト。必要なら、僕がこの手で食べさせてもいい」

「その必要はないわ」

「それはよかった」

ケイトは抑えきれずに、感情を爆発させた。「私、三週間も仕事を休めないわ」

「休まざるをえないさ」ショーンはそっけなく言い返した。「君の主治医も、考えを変えないと思うよ。それに、まだ新しい仕事は見つかっていないんだろう？」

ケイトは唇を引き結び、嘘をつこうかと考えて思い直した。ショーンをごまかせるわけがない。「ええ。でも、休んでいるあいだに探すつもりよ」

「とんでもない」ショーンは声高に言った。「これから三週間、君はゆっくり療養するんだ。医者だってそう言うさ。疑うなら自分で彼にきけばいい。明日また往診に来るから。君の容態を判断するために……」ちょっと口ごもってから冷静に続ける。「僕の家まで来られる状態かどうかをね」

「なんですって?」ケイトはかっとなり、次にショックと驚きで背筋がぞくっとした。

「だめよ。冗談じゃないわ!」大きく首を振る。「またあなたと暮らすなんて、絶対にだめ、絶対に」

「オリヴァーは楽しみにしている」ショーンは落ち着き払って言った。

ケイトはおなかを蹴《け》りつけられた気がした。「あなたは、オリヴァーに何も言う権利はないわ。あの子を利用するのだって――」

「利用する?」ショーンは挑むようにきいた。「今の君には面倒を見てくれる人が必要なんだ。いや、君たちには。経済的にもね」冷酷に強調する。

「私の経済状態なんて、何も知らないくせに」ケイトは憤った。「あなたなんかに――」

「月々の出費を考えると、君が得ている給料では苦しいはずだ」ショーンは肩をすくめ、本心を隠した。「つまり、今回のように働けなくなったとき、頼みにできる貯蓄があるとは考えられない」

図星を指されて、ケイトは喉にとげが刺さったような気分になった。「私はあなたのように裕福じゃないわ、ショーン。でも、あなたのお情けはいらない。それに――」

ショーンはケイトを遮った。「君のためでなく、オリヴァーのために必要だろう、ケイト?」彼はまた肩をすくめ、表情を読まれまいとして体の向きを変えた。

ショーンの言うとおりだ、とケイトは認めるほかなかった。オリヴァーのためには、彼の申し出を受けるしかない。

それに、心のどこか奥深くに、まだひとかけらの愚かな希望が残ってはいないだろうか？　オリヴァーと過ごす時間や機会を得ることで、ショーンがあの子を息子だと感じ、認めてくれるのではないか、と。心のどこかで、ケイトはそれを切望していた。自分のためではなく、我が子のために。

「君には僕しかいないんだ！」ショーンは憤然として言った。「もちろん、オリヴァーの父親に連絡をとりたいなら話は別だが」

辛辣《しんらつ》な言葉に淡い期待を打ち砕かれ、ケイトは怒りと苦痛のあまり吐き気を覚えた。私には誰も必要ないわ。そう叫びたかった。あなたを必要とするくらいなら死んだほうがまし、と。

「キャロルが助けてくれるわ」

ショーンはすぐさま首を振った。

「彼女には彼女の家族がある。そんなことはわかっているじゃないか！　それに……」

「それに、何？」ケイトは怒って促した。

「それに、キャロルの手を借りるのがオリヴァーにとって最善だとは、僕は思わない」

ケイトは耳を疑い、しばらく口がきけなかった。やっと出た声は、激しい怒りに震えていた。

「僕は思わない、ですって？　いつからオリヴァーの最善を考えるようになったの？　あの子にとって最善なのは、父親から息子だと認められ、愛されることだとは思わないの？」

「いいかげんにしてくれ」

残酷なショーンの声に、ケイトはひるんだ。

「誰がオリヴァーの父親にしろ、母親は君だから、あの子のそばにいるべきだ。キャロルが引き受けてくれた場合、オリヴァーは彼女の家でずっと過ごす羽目になる。君と離れて。彼女はきっと精いっぱいのことをしてくれるだろう。だが……」

ケイトは目を閉じた。残念ながら、ショーンの言うとおりだ。「それじゃ、あなたは誰に私たちの世話をまかせるつもり？」彼女は観念して尋ねた。

「僕だ」

ケイトはまじまじと彼を見た。「あなたが？　いいえ……無理よ！」

「この数日で、ちっとも無理じゃないことは証明してみせたと思うけどね」

「でも、仕事があるでしょう。経営者なのに」

「仕事は家でもできる」ショーンはあっさり答えた。「それに、君たちの世話と仕事を両立するなら、寝室が三つはある家のほうがやりやすそうだ。少なくとも、自分のベッドで寝られる」

自分のベッド！

ケイトは怒りより動揺が大きくなるのを感じた。「それなら、三つは寝室のあるその家は、どこにあるの？　オリヴァーは今の保育園が好きだから、悲しませたくないわ」

「悲しまないさ。一時的なことだし、あの子も変化に慣れておかなければ。じきに卒園して小学校へ入るわけだし」ショーンは顔をしかめた。「いちばん近い小学校でも、ここから十五キロはある――」

「わかっているわ、そんなこと」ケイトはぴしゃりと言った。この小さな村に小学校がないことを、ここ一年ずいぶん心配してきたのだから。

「オリヴァーは僕に慣れたよ」ショーンはベッドから離れ、彼女に背を向けて窓の外を見た。「これ以上の変化は、あの子のためにならない。君の病気のことで、ずいぶんショックを受けているから。それはそれとして、あの子は三人で暮らす生活を楽しみにしているよ」

三人で！

鋭い痛みがケイトの胸を突いた。我が子が父親と過ごす機会を、自らの手で奪えるはずはなかった。

7

「この家のことは心配しないで。あなたたちが留守のあいだ、私が気をつけているわ。いつ戻ってきてもいいようにしておくから」キャロルはケイトをなだめながら、せかせかと寝室を歩きまわった。ショーンが用意したいくつものスーツケースに、ケイトの服を詰めていく。「といっても、戻ってくるとしたらの話だけどね。あなたと以前夫婦だったことを、ショーンは誰にも隠す気はないみたいだし」

ケイトの目に涙があふれるのを見て、ちゃかしていたキャロルは真顔になった。

「まあ、ケイト、ごめんなさい」

「いいの。精神的にもろくなっているのは、きっといまいましいウィルスのせいだわ。だけど、どうしてこんな目に遭うのかしら？　とにかく早く三週間が過ぎて、元気になりたいだけ」

「オリヴァーはショーンが現れたことをとても喜んでいるけど」キャロルは優しく指摘した。「けさ保育園へ行くときなんか、どうしても子犬が欲しいって、ショーンに訴えていたわ」

ケイトはうめいた。「去年、農場で子犬たちを見てから、ずっと欲しいって言っているの。私だって飼ってやりたいわ。でも、仕事をしているから無理なのよ」

「まあ、ショーンときたら、あなたとオリヴァーのために三週間どころか一年分の服を買ったのね」キャロルが笑った。「そろそろ彼が戻るわ。そうしたらすぐに出発ね。ところで、滞在予定の彼の家はどこにあるの？」彼女は気軽にききながら、ショーンが買った服の最後の一枚を、ぎゅっとつめこんだ。

「わからないの」ケイトの悲しげだった顔にいらだちが浮かぶ。ショーンは、けさも家の場所を教えずに、また新しい服を運んできたのだ。

〝オリヴァーと私は物乞《ご》いじゃないわ〟ケイトは、買い物から帰ってきたショーンに言った。〝服なんか買ってもらわなくていい〟

「オリヴァーの服はどれも小さくなりかけている」ショーンは穏やかに指摘した。「それに、僕の見たところ、君の服だって……」

「あなたに関係ないでしょう」ケイトは噛《か》みついた。

それ以上、ショーンは何も言わなかった。だがケイトは、彼の口元に警告めいた厳しさを見て取った。

「車はそこよ。荷物はすっかり積みこんだわ」

ケイトは、キャロルと彼女の夫トムに笑顔をつくった。トムもわざわざ見送りに来てくれたのだ。

オリヴァーがジョージと一緒に勢いよく走ってきたが、途中で転んでしまい、すぐ近くにいたトムが抱き上げた。下唇を突きだし、ぶるぶる震え始めたオリヴァーに、大丈夫だよとほほ笑む。

「僕が抱こう!」

あまりに無愛想な声に驚き、ケイトはショーンを見やった。ショーンはさっそくトムからオリヴァーを受け取っている。腕に抱いたオリヴァーを見る彼のまなざしに、ケイトは心を揺さぶられた。トムがあの子を助けたことに、彼は嫉妬《しっと》している!

ショーンはオリヴァーの傷ついた膝とプライドをなだめてから彼を下ろした。そしてケイトが車に乗るのを手伝った。数メートルならもう歩けるが、やはり彼の肩を借りるほうが楽だ。だけど、シートベルトまで締めてもらうというのは、どんなものだろう?

車の中という密室で、ケイトは彼の肌の香りを意識した。それと、顎のあたりに生えかけている髭《ひげ》も。ほんの少し体を傾ければ、彼の肌にキスができる。ケイトが楽になるよう、彼があれこれ世話を焼いてくれるのを見ながら、彼女は胸を高鳴らせていた。そうやって物事に集中している彼の姿は、一心に何かをしているときのオリヴァーを思い出させる。

ケイトの喉が泡のはじけるようなかすかな音をたて、ショーンがはっと彼女を見た。彼の視線はまず彼女の目にとどまり、次に口元へと移った。彼女の唇は、まるで彼に命じられたかのように開いていた。

ほどなくケイトは彼の視線が胸のふくらみに注がれているのを感じ、全身が粟《あわ》立った。ふくらみの先端が硬くなっていく。

「いつ出発するの？」

オリヴァーのじれた声がして、ケイトは我に返った。

「今すぐだよ」ショーンが答え、体を起こして助手席のドアを閉めた。

ショーンの豪華な車の快適さも、ケイトの体の痛みを完全に消すにはいたらなかった。三時間もたつと、ケイトは横になって眠りたいと、そればかり願うようになった。だが、大丈夫かとショーンにきかれたとき、彼女はうなずいただけで、疲れて体がつらいなどとはひとことも口にしなかった。

「大丈夫よ」ケイトは強情に言い張り、ショーンから顔をそむけた。

しかし、ショーンはごまかされなかった。「たしかこの近くにホテルがあるはずだ。そこで休もう」

「いいえ」ケイトは反対した。ショーンが買ってくれた服同様、ホテルで休むにはお金がかかる。彼が使った金は全額返すつもりでいるケイトは、よけいな出費は避けたかった。ショーンの家がこんなに遠いとは思わなかった。でも、それがどこにあって、あとどれくらいかかるかをきくのは、自尊心が許さない。

だが、そんな思惑を持たないオリヴァーが母親の代わりにきいてくれた。「もうすぐ着く?」

「そろそろだよ」ショーンは前方を見たまま答えた。

その声で、彼が笑いをこらえているのがケイトにはわかった。急に疲労感に襲われ、彼女は座席の上でもぞもぞと体勢を変えた。ショーンが心配そうに見ていることに気づかずに。

「いくつかジャンクションを過ぎたら、高速道路を下りる。そうしたら、一度車を止めて――」

「私、止めたくないって言ったじゃない」ケイトはいらだって、感情をほとばしらせた。「もともと、あなたの家になんて行きたくなかったのよ!」辛辣《しんらつ》に言う。

ケイトが楽な姿勢をとろうとあがいていたとき、いかにも男たちのやりそうな目配せを、父と子が交わしている様子が目に入った。彼女は怒りと苦しみに引き裂かれる思いがした。同じ血が流れている二人の男が手を組み、彼女と対立している。これまでは、息子を傷つけられたくない一心だった。それが急に、息子を父親に奪われるのではないかという恐怖に変わった。

やはり、ショーンにこんなことをさせてはいけなかったのだ。ケイトは自分を叱《しか》りつけ、なんとか起きていようとしたが、無駄だった。

「ママ、寝ちゃったよ」

ショーンは、心配しなくていいと目でオリヴァーに伝え、高速道路を下りた。「まだ体力が元に戻っていないだけだよ」本当は心配だったが、オリヴァーにはわずかなりとも不安を感じさせたくなかった。

たぶん、ケイトは眠っているほうがいいだろう。ショーンは見覚えのある道に車を進め、速度を落として、小さな村々を通りすぎた。そしてようやく、めざす村に入った。

車の速度が落ちたのに気づいて、ケイトは目を覚ました。窓の外に目をやり、周囲の景色を見て息をのんだ。そしてとがめるようにショーンに視線を向けたものの、彼は運転に集中していた。昔、初めて訪れたとき、うっとりとため息をもらしたあの美しい村の中を、車は走っていく。ここは何も変わっていないわ。あのときのまま。あの小川も、あの通りも、格子窓のはまった、淡い色の石造りの家が立ち並ぶ風景も。

彼らは村の外れまで来ていた。ケイトの予想どおり、ショーンは古い教会を通りすぎ、小道に車を乗り入れた。高い石壁に遮られて家は見えないが、ケイトははっきり思い出していた。車が見覚えのある門をくぐり抜け、砂利道を進む。彼女はショックを受け、吐き気を覚えた。裏切られた気がした。

そこは、ショーンが彼女のために買うと約束した家なのだ。私が恋い焦がれた家。ここで子供たちを育てようと、興奮して彼に語った家。そして一度も住むことのなかった家。

苦痛に胃をかきむしられ、怒りがたぎる。オリヴァーがここにいなかったら、間違いなくショーンに食ってかかったことだろう。車をUターンさせて私の家に戻ってちょうだい、と。

だが実際は、辛辣な言葉をささやくだけで満足しなければならなかった。「こんなことをするなんて、あなたという人が信じられない」

ショーンは返事をせず、ドアを開けて外へ出た。ラベンダーと薔薇《ばら》の香りが漂ってきたとき、ショーンが助手席のドアを開けた。

「ミセス・ハーグリーヴズに言って、君とオリヴァーの部屋を用意してもらった」ショーンは、ケイトが助手席から降りるのを手伝おうとした。

「さわらないで」ケイトは目に怒りの炎を燃やし、吐き捨てるように言った。

よくもこんなまねができるわね。私をここへ連れてくるなんて。私があなたと住みたがっていたこの家へ。

オリヴァーが車から降り、はしゃいで砂利道を行ったり来たりしながら、興奮して叫んだ。「ショーン、子犬はここをすごく気に入るよ」

「もちろんさ」ショーンは真剣に答えた。

だがその笑顔を見て、ケイトは腹が立った。

「お願いだから……」彼女は言いかけてやめた。玄関のドアが開いて、中年の女性が走ってきたのだ。

「頼まれた件は、すべてすませておきましたよ」アニー・ハーグリーヴズは雇主に声をかけながら、ケイトとオリヴァーを控えめに眺めた。

「ありがとう、アニー」ショーンが気軽な口調で応じた。「引きとめたりしないよ。ビルが夕食を待っているだろうからね」

「それじゃ、失礼しますね」アニーは背中を向けるとそのまま去っていった。

「ハーグリーヴズ夫婦は、この家の管理をしてくれている」ショーンはケイトに説明した。

「住みこみじゃない。ガレージの上の使用人部屋のほうがいいと言うんでね。さあ、君を部屋へ案内しよう。そのあとで、オリヴァーと荷物を運びこむ。いいね、オリヴァー?」

「うん!」尊敬の笑みを浮かべ、オリヴァーは同意した。

ケイトはショーンに腕を取られ、呆然《ぼうぜん》としたまま家へと導かれた。泣きだしたくても、今はだめ。ショーンにそんな弱みは見せられない。

大きな両開きのドアが開いて、彼女がよく覚えている楕円《だえん》形のホールが現れた。そこにはおとぎばなしに出てくるような階段があって、踊り場で折り返した先が二階へ続いている。あたりを見まわして、ケイトはめまいを覚えた。気の滅入《めい》るベージュだったはずの壁が、ぬくもりのあるバター色になっている。彼女が塗り直したいとショーンに言った色に。リノリウムの床も、黒と白のタイルに変わっていて、ホールの中央には楕円形のテーブルが据えてある。ケイトは震えだした。何もかも、ショーンにこうしたいと言ったとおりだ。だが、ショーンが彼女の希望をことごとくかなえたことに、ケイトは喜びよりも吐き気を覚えた。

ケイトの蒼白《そうはく》な顔とうつろな目を、ショーンはじっと見ていた。すると彼女が足元をふらつかせたので、彼はうなり声をあげて彼女を抱きとめた。昔から華奢《きゃしゃ》だったが、今は壊れそうに弱々しい。助けを拒もうとするのを無視して、ショーンは彼女を抱え、階段を上がった。一度に二段ずつ。

彼がアニーに用意させたケイトとオリヴァーの部屋は、続き部屋だった。初めてこの家を見てまわったとき、ケイトは笑いながら言った。この大きいほうの部屋はすてきな主寝室になるし、小さいほうは子供部屋にぴったりだわ、と。あのとき、ショーンは内心とは裏腹に、子供部屋は上の階だと告げた。

ケイトは笑った。〝ごまかされないわよ、ショーン。あなただって赤ちゃんのそばにいたいくせに〟

〝僕たちの赤ん坊か〟彼はつぶやいた。〝君が言うと、なんだがここで今すぐつくりたくなる……〟

〝まだ、この家を買ったわけじゃないのよ。それにベッドもないし〟ケイトはすました顔で反対した。

〝いつからベッドが必要になったんだ？〟

それでもケイトは、その家で愛し合うことを拒んだ。まだ自分たちの家ではないのだから、と。

〝それも、きちんとした人のルールっていうことかい？〟ショーンはからかったが、心の中では感謝していた。彼女はいつもこんなふうにやんわりと教えてくれたのだ、世間の良識というものを。

しかし、自宅に帰れば話は違う。中へ入るなり、ショーンが彼女に両腕をのばすと、ケイトは自ら彼の胸に飛びこんで……。

「下ろしてちょうだい。私、歩けるわ！」

ケイトの突き放すような要求を耳にして、ショーンは知った。彼女のほうはあの官能的な記憶など、少しも思い出してはいないのだ、と。

「歩けるかもしれないが、その様子では二階までは無理だろう」

動悸《どうき》が激しく、ケイトは反論できなかった。彼女はふと、ショーンとつき合い始めたころを思い出した。いつも彼女を抱き上げたがるショーンに、男の筋力の優位を見せつけたいのね、とからかったものだ。本当は、そんな彼の力にわくわくしていたのに。

でも、今こんなに動悸がして苦しいのは、怒りのせいだわ、とケイトは自分に言い聞かせた。一方で、怒っているのは自分をごまかすためよ、という小さな声もどこかから聞こえた。

どうして自分をごまかす必要があるの？　わずかながら、確かに体が勝手に彼に反応してしまうあやうさは、今もあるかもしれない。でも、それだけ。私は子供への責任と愛情を持つ母親よ。ショーンが息子を認めなかったことは決して忘れないわ。

連れてこられたのが、この家だったから……すごく気に入って、ここで子供を育てたいと思った家だったから、こんなに気弱になるんだわ。それで、安心できる彼の体に寄り添いたくなるに違いない。

「ここだ」ショーンが重いドアを片足で押し開けた。

室内には日光が差しこみ、淡いクリーム色の壁を暖めていた。赤茶色とクリーム色の模様が入った亜麻布が、重厚なカーテンや、天蓋《てんがい》つきベッドのひだ飾りに使われている。床にはクリーム色の絨毯《じゅうたん》が敷かれ、全体の配色がジョージ王朝様式のマホガニー製の家具を引きたてていた。

ベッドに下ろされたケイトは、感情に負けまいと必死だった。かつて彼女が計画したとおりの部屋の内装に心が揺れている。

「オリヴァーのベッドは子供部屋に用意してある」ショーンが淡々と言った。私がこの部屋から受けた衝撃にまるで気づいていない。ひょっとして子供部屋の隣の部屋も、私が望んだようにバスルームに変えたのかしら?

ケイトは冷静に質問する自信がなかったので、オリヴァーが興奮に顔を輝かせて駆けてきたとき、ほっとした。

「アニーがね、ママがいいって言ったら、犬を見に来てもいいって」さも大事なことのように言う。

「アニー?」ケイトはすぐさま警告の声をあげた。ショーンが家政婦とその夫をファーストネームで呼ぶのはいい。しかし、許しがないのに、父親と同じようにオリヴァーをふるまわせてはいけない。

「アニーはファーストネームで呼ばれるほうが好きなんだ」ショーンはケイトの胸中を読み取り、すかさず口を挟んだ。「それに、彼女の犬なら安全だ。僕がオリヴァーを連れていこう」

母親を無視して、オリヴァーはショーンの脚にぎゅっと抱きつき、いかにも幸せそうに尊敬の表情で彼を見上げている。

その光景に、ケイトは胃がねじれるような気がした。苦しみと愛と恐れとで、胸がふさがる。

「今から行っていい?」

オリヴァーの頼みに、ショーンは首を振った。「いや、今日はやめておこう。明日の朝だ」

オリヴァーは簡単には聞き入れまいと思い、ケイトは固唾《かたず》をのんで見守った。実際、オリヴァーは顔をゆがめた。だが、ショーンはそれを見越していたかのように、オリヴァーを無視した。

「さあ、君の部屋を見に行こう、オリー」ショーンは言った。「そこだよ、ママの隣の部屋」

ケイトは拳《こぶし》を握り締めた。ショーンがオリーという愛称を使ったからだ。それに、彼がごく自然に手を下へ差しだして、オリヴァーがその小さな手で握れるようにしたからだ。父と子が手をつないで子供部屋を見に行く。離れていく大小の背中を不安げに見つめる母親を残して。

すぐに子供部屋からオリヴァーの声が聞こえてきた。「ここ、すごく広いから、ショーンの寝袋が置けるよ。ママの部屋じゃなくて、ぼくの部屋で寝ればいいよ」

「それもいいな、オリヴァー」ショーンはまじめに答えた。「だけど、この家には僕の部屋もあるんだ」

「でも、ママやぼくと一緒に寝てほしいんだ」オリヴァーは言い張った。

子供部屋の様子は見えていないにもかかわらず、ショーンが腰をかがめてオリヴァーを抱き上げる様子が、なぜかケイトにははっきりと感じられた。

「君の家にいたときは、ママの具合が悪かっただろう？　だから、ママを助けられるように僕がそばにいたんだ。だけど、もうずいぶんよくなった」

「あのね、ママと同じベッドで寝てもいいよ。ジョージのママとパパみたいに」

五歳になる子の率直な意見を耳にして、ケイトは胸を痛めた。

一方、ショーンも少年を抱いたまま、オリヴァーの無邪気な誘いのせいで、胃のねじれるような思いにさいなまれていた。

ケイトは、もう僕を愛してくれるキャシーじゃない。二度と僕をベッドへ迎えてはくれないだろう。ショーンは、トムがオリヴァーを助けたときの気持ちを思い出した。自分の役割をほかの男性に奪われた気分だった。オリヴァーを抱く腕に力がこもる。この子に心の絆《きずな》を感じ始めたのは、ケイトの息子だからだろうか？　それとも、この子を愛し始めたのだろうか、父親のように？

「テレビをつけてあげよう、オリー」ショーンは優しく言った。「ベッドに入るまで、しばらく座って見ているといい」

「そのあと、ママにお話を読んであげる？」

ショーンは少年の髪を手でくしゃくしゃにした。テレビを子守り代わりにしてケイトに文句を言われたくなかったから、オリヴァーと絵本を読むのを習慣にしてきた。場所をケイトの寝室にした理由は自分でもよくわからない。ただ、彼女にとって、息子とできるだけ一緒にいることがとても大事なのは確かだ。

戸口で小さな物音がしたので、ショーンは振り向いた。ケイトがドア枠にもたれながら立っていた。ショーンは口元を引き締め、不安な思いを隠した。

「休んでいないとだめじゃないか」

「今は休まなくても大丈夫」ケイトは冷静に答え、オリヴァーに向かって両腕を差しだした。

「今日はママが本を読んであげるわね、オリー。ショーンは忙しいから」

ケイトはショックを受けた。オリヴァーは、ショーンから離れるどころか、床に下ろされてもなお彼に抱きついたのだ。

ケイトは居間のフレンチドアから外を眺めた。オリヴァーが、ハーグリーヴズ家のコリーと楽しそうに庭で遊んでいる。少年と犬とは追いかけっこに夢中だ。とても性格のよい犬で、オリヴァーが転んでしまうと、無事に立ち上がるまでそばにいて心配そうに見守っている。

ショーンの家で暮らして、もう二週間が過ぎた。体はすっかり回復した。つまり……つまり、オリヴァーと私の家へ戻る時期が訪れたということだ。

オリヴァーは帰りたがっていない。ショーンが大好きだから。

そのとき、朝食のあと仕事の打ち合わせに出かけていたショーンが、庭の芝生の上に現れた。彼が息子のほうへ歩いていくのを見て、ケイトははっとした。オリヴァーは彼に気づいたとたんに駆けだした。ショーンに抱き上げられ、振りまわされて、うれしそうに笑う。

二人を見ているうち、ケイトの頭に別の光景が浮かんだ。そこでは彼女がショーンと並んで立っている。片方の腕で抱き寄せられ、彼の肩に頭をあずけているところに、オリヴァーが走ってくるのだ。

ケイトはふいに脚がもつれ、全身が震えた。これは病気のせいじゃないわ。そうよ、こんなふうにおかしくなる原因、つまり真実と向き合うべきなのね。

何があっても、それこそ息子の父親であることを否定されても、私のショーンへの愛は揺るがなかった。胸のあまりに奥深くに根ざしていたから。

混乱と怒りと恐れが、彼女の中でぶつかり合う。ここを離れたいと彼に言おう。今すぐに！

深く息を吸ってから、ケイトは二人のところへ向かった。

彼女が近づいてくるのを見て、ショーンはオリヴァーを下ろした。

「もうネルのおやつの時間だから、ぼく、連れていくね」オリヴァーがケイトに言って、従順なコリー犬の首輪を誇らしげにつかんだ。

ほかの状況なら、ケイトも思わず笑っただろう。息子が犬と一緒にミセス・ハーグリーヴズのところへ向かう様子は、どちらかといえば犬に連れていかれるという感じだったからだ。だが、彼らを見ながらも、近づいてきて隣に立つショーンを強く意識していた。彼女はすぐに距離をとった。彼を近づけては危険だ！

ショーンが静かに言った。「オリヴァーが犬を飼っていけない理由は、何もないと思うよ。実は、さっき帰ってくる途中で、ラブラドールの子犬たちを見に寄ったんだ。まだ母親から離れられないくらい小さいけど、君さえよければ、明日にでも行って、オリーに一匹選ばせたら――」

「いいえ、犬は飼わせないわ！」ケイトがぴしゃりと遮ると、ショーンは顔をしかめた。

「ケイト、あの子は飼いたくてたまらないんだよ」

「それを私が知らないと思う？」ケイトは言い返した。「あなたは真剣に考えていないのよ。少し考えればわかるわ。犬を飼うのは無理だって。私は仕事をしているのよ」怒って彼に背を向ける。

「ケイト……」ショーンが彼女の腕をつかんだ。

ケイトはその腕を振りほどこうともがいた。「放して。あなたにさわられたくないの」

「なんだって？」

ショーンの目に怒りが宿ったのを見て、ケイトは少し言いすぎたと思った。だが、ひどい言葉を撤回するにはもう遅い。彼女はのびてきた腕に抱かれ、彼にじっと見つめられているのだから。

「いや！」ケイトは抵抗したが、拒絶の言葉は彼の荒々しい唇に押しつぶされ、彼女の柔らかな腕に彼の指が食いこんでくる。

怒りがケイトの全身の血をたぎらせ、ショーンの激しいキスに応《こた》えさせた。けれどもそれは、彼に感じる欲望と恋しさゆえの怒りなのだ。体がケイトを裏切って、ショーンの口の下で喜びのうめきをもらしたとき、彼女はそのことを思い知らされた。

過去も彼の裏切りも、なぜか頭から消えている。知らぬ間に、両手がショーンの顔を包んでいて、気が変になりそうなほど強烈な思いに、心臓が跳ね上がる。髭を剃《そ》ったあとの肌のざらつきが、興奮を危険なまでに高めてしまう。

ケイトの両手が彼の顔にあれば、ショーンの両手は彼女の体にあり、懐かしい愛撫《あいぶ》を加えてくる。彼女の肩をもみ、背筋を撫《な》で下ろして、ウエストのあたりでふわっと手を広げ、さらに下へと這《は》う。そしてヒップまで下りたとき、ケイトは震えだした。彼の親指が腰骨をかすめたと思ったとたん、彼の体にぐいと抱き寄せられたのだ。

昔、初めてこんなふうに抱き締められて、彼の興奮の証《あかし》に触れたとき、私は強烈な欲望を感じた。あんなふうに感じることなんて、もうあるはずがない。なのに、今の私はそれを感じている。大人の女になった今のほうが、体の反応も感じ方も、いっそう情熱的で激しいくらいだ。

たぶんそれは、彼の高ぶりがもたらす喜びの大きさをあのころは知らず、今の私は知っているからだ。すでに自制のたがは外れ、悩ましい映像が頭にいくつも浮かんでくる。想像力が良識を攻めたて、抵抗する力をたたきつぶしていく。

あっという間に、彼女の体は自分でも制御できないほどに燃えたち、十八歳のころのように激しく彼を求めていた。

彼の手がヒップから胸のふくらみに移ると、彼女は喉の奥でうれしそうなうめき声をあげ、彼が胸に触れやすいように体の向きを変えた。

「ああ、ショーン。ああ、そんな……」激しいキスで彼を求める合間に、せっぱつまった脈絡のない言葉をささやく。もう、何がどうなってもいい。大事なのは今感じているものだけ！「ショーン」彼の名を呼び、胸のふくらみにある彼の手に自分の手を重ねる。「ちゃんとさわって、ショーン」

「ちゃんと？」

「わかっているくせに」ケイトは熱く訴えた。「私がどうされるのが好きか」

「これのことか？」

ショーンがじれている先端の周囲を愛撫すると、ケイトは激しく反応して身を震わせた。「そう、そうよ」ケイトはあえいだ。「それから、もっともっと、ショーン。服なんかなしで。あなただけ。あなたと私だけで」

「服なしで？　これもなしか？」ショーンはブラジャーを押し下げ、硬くとがった先端を指でそっと撫でた。「感じるかい？」彼の声は、聞き取れないくらいに低く、かすれている。

ブラジャーはいつの間にかすっかり押しやられ、クリーム色のふくらみを包んだ浅黒い手が、待ち焦がれていた先端をじかに愛撫する。ケイトは快感に身もだえ始めた。「あとは、あなたの口で……」

「ケイト！　ケイト！」

彼に呼ばれているという感覚がケイトの全神経にしみ渡った。ショーンが彼女の手を取り、自分の体へと導く。服の下で張りつめている高まりに、彼女の指がうれしそうにからみつき、思い出の領域を探索する。だが、彼女は直接に触れたかった。

ケイトがズボンのファスナーに手をのばそうとしたとき、ショーンの携帯電話が鋭い音で鳴りだした。彼女ははっと我に返った。

私、何をしているの？　ケイトはショーンから離れ、家に向かって駆けだした。彼からだけでなく、自分自身の屈辱感からも逃れたくて。

「ケイト!」

呼んでも、彼女は足を止めない。ショーンは悪態をついた。電話は鳴り続けている。彼はいらだたしげに電源を切り、ケイトを追った。

自分の部屋へ入るなり、ケイトはクローゼットを開け、ショーンが買ったスーツケースを一つ引っ張りだした。それを開けて、クローゼットにかかっている服を次々と投げこんでいく。

「何をしているんだ?」

ショーンの声を聞いて、彼女はくるりと振り向いた。「どう見える? 荷造りよ。ここを出ていくわ! 来てはいけなかった。わかっていたのに」

「何がわかっていたんだ?」ショーンは問いただした。

「あなたとここにいたくないってことよ」ケイトは憤慨して答えた。「こんな話、もうしたくないわ」

「ついさっき、君は僕の腕の中で――」

「だから、その話はしたくないの!」ケイトは激高した。「あれは……さっきのことは……なんの意味もないわ。あれはただ……」

「ただ、なんだ?」ショーンは静かに答えを求めた。彼の穏やかさは怒りよりもはるかに危険だった。

弱気を見抜かれないよう顔をそむけたまま、ケイトは我を張った。「なんでもないわ!」

彼の沈黙が次にどうするかを告げているのに気づき、ケイトはうろたえ、駆けだした。戸口ではなくベッドへ逃げた愚かさに彼女が気づいたときは、遅すぎた。ケイトはベッドに尻餅《しりもち》をつき、その前にはショーンが立ちはだかっていた。もはやベッドを越えていくしかない。

「なかなかいい動きだ」ショーンは楽しげに言った。ケイトの足首をつかみ、ベッドに膝をついて、彼女を見下ろしている。「君のヒップは誰よりもセクシーだと、ずっと思っていた。丸みがきれいで、桃みたいにすべすべで。それから、思い出すのは……」

そんなこと聞きたくない、とケイトは耳をふさいだ。聞けば、もっと自分の弱さを思い知らされてしまいそうで怖かった。

今こうしてベッドに横たわり、ショーンが上に身を乗りだしていても、昔とは違う。初めてこんな状況になったときの、不安と興奮の入りまじった気持ちになるはずがない。あのころの私たちは恋人同士だったし、やがて結婚もした。そして離婚も。彼の体なら、自分の体と変わらないくらいよく知っている。

昔とは違うはずだった。それなのに、ケイトは昔と同じ気持ちを感じていた。彼女はそれを否定しようとあがいた。そして、足首を握っている指でうっとりするような愛撫を加えられても、反応するまいとした。ケイトが体を縮め、顔をそむけようとしたとき、ショーンが彼女の目にほほ笑みかけた。

「さて、君のなんでもないこととやらを」ショーンがささやく。「もう一度やり直そうじゃないか。今ここで」

いつの間にかショーンはベッドに腹這いになり、上半身の重みでケイトの動きを封じていた。情けないことに、彼女の一部は、彼と接している喜びにひたっている。

ショーンの目をちらりと見ただけで、ケイトは彼が何をするつもりかわかった。ショーンは私の唇を凝視している。そんな目で見られると、なぜか唇が開き、乾きを意識して、舌先で湿らせてしまう。

「なんでもないことだって？」ショーンの人差し指がケイトの顎を這い、ゆっくりと唇をなぞって、彼女の胸を高鳴らせた。「これからキスをするつもりなのは、わかっているだろう？」彼がささやく。

ケイトは〝いいえ〟と答えたかった。そんなことはいやだと思おうとした。だけど、ショーンのやり方は巧妙だ。彼は知っているのだ。あのゆっくりした、陶然とさせる甘いキスに、私がどんなに弱いかを。あのキスをされると全身がとろけてしまい、唇を離せなくなってしまう。彼がそれを知っているのは、昔、私自身が何度も言ったからだ。きっと、つい最近も言ったに違いない。熱に浮かされていたあの夜に。今はただ、心臓が早鐘を打ちだすのを感じながら、彼の口元をじっと見ていることしかできない。ケイトは目を閉じた。

　だが、彼女はすぐに悔やんだ。目を閉じたせいで、心がショーンに初めてキスをされた女の子に戻ってしまったのだ。

　あのころと同じように、喜んで唇を開き、舌に彼の熱烈な舌の動きを感じて興奮をあおられる。驚いたことに、体が強烈な渇望に圧倒され、彼の優しい前置きにじれてさえいる。

　ケイトはショーンの両肩をつかんで、すがった。自らの欲望の激しさに打ちのめされた彼女には、自分を安心させてくれる強さが必要だった。

　ショーンの口に、唇をぴったり重ね、両手をたくましい肩からずらして、彼の体を引き寄せる。すると、ショーンは身をこわばらせて唇を離し、彼女の顔を見つめた。

　これは本当に私の指なの？　彼の顔へのびて、顎を撫で下ろし、それから唇の形を何度も何度もなぞっているこの指が？　自問するあいだも、熱いうずきが全身に広がっていく。

　これが私であるはずはないわ。ベッドから顔を上げ、ショーンの顔をこうして包んでいる女が。それから熱いキスをして、彼の唇に向かってそっと欲望のうめき声をあげている女が。

「さわって、ショーン」愛して、という言葉は心の中で言い、キスしたばかりの彼の唇に震える指で触れる。「昔みたいに……」本当に私の口から出た言葉かしら？

「昔みたいに？」ショーンが繰り返した。「互いに相手に飢え、一緒にいないというだけで胸が苦しかったころのように？　そういうことかい、ケイト？　あんなふうに僕が欲しいのか？　こんなふうに」

ショーンの手がケイトの体をまさぐる。彼女の中に生まれた欲望の小さな火が、彼の言葉にあおられ大きくなっていく。それはじきに私を破滅させかねない激しい炎になるだろう、とケイトは思った。でも、そんなことはもうどうでもいい。大事なのはこれだけ、今だけ。肌に置かれているショーンの手、唇にあるショーンの唇、体を覆っているショーンの体だけ。抑圧されていた彼女の愛と欲望が堰《せき》を切ってあふれだし、残っていた抵抗のかけらもろとも、すべてを奔流のように押し流していく。

ケイトはショーンの熱く激しいキスを、嬉々《きき》として味わった。まだ恋の初めの、彼を完全に信頼していたころのように、彼に応じる。目を閉じれば、懐かしい匂《にお》いまで漂ってきそうだ。郊外の小さな町の通りに漂う、熱くてほこりっぽい空気。その空気に、彼の肌が発する男の熱気や、彼女自身の香りがまざった妖《あや》しい匂い。

けれど、ショーンの首にまわして、キスを長引かせているこの手は、今の、大人の女になった私の手。そして今、私は大人の女としてショーンを求めている。どんなに彼が欲しいか！　心から、心の底から彼が欲しい。からからに干上がった大地が、じっと押し黙って、雨の愛撫を待ちかねているように。

ショーンを欲してやまない心はしかし、もう黙ってはいなかった。言葉がケイトの唇からあふれだしていく。「ショーン……こんな服……いらない。欲しいのはあなた……あなたの手、あなたの肌」激情に体が震えるのを感じながら、ケイトは彼に両腕を巻きつけ、せわしなく体を押しつける。「あなたが欲しいわ、ショーン。あなたという存在そのもの……あなたのすべてが」

あんなに大きなたくましい手が、どうしてこうも繊細で巧みに服を脱がせることができるのか、ケイトにはいつも不思議だった。ところが今は、その手がいらだたしげに布を引っ張り、ボタンを外そうとする。彼女の中をぞくぞくする喜びが駆け抜けた。

「ケイト、ケイト。ああ、どんなに君が恋しかったか。それに、これも……僕たちのこれも」ショーンはあらわになっていく肌にキスを浴びせた。

欲望をそそる彼の手の動きが取り憑《つ》かれたように性急になり、激しく求めてくる。あまりに長く禁じられていたせいで、相手をむさぼり尽くしかねないほど飢えているのだ。ケイトはただ誇らしかった。まるで私の思いを鏡に映したようなものだもの、当然でしょう？　激しくからみついてくる彼の唇、我がもの顔にヒップを覆う彼の手、全身を圧迫する彼の熱い体。そのすべてを、ケイトは喜びとともに迎え入れた。

「あなたも服を脱いで」ケイトは懇願した。「あなたを感じたいの」彼と肌を触れ合わせる熱い感覚を思い出し、体が震える。

「君が脱がせてくれ」ショーンはためらう彼女の手を取って自分の体にあてがった。「君に服を脱がされるとどんなに興奮するか、前に言ったことがあったかな？」

ケイトがただ欲望に身をまかせ、無言のまま彼を見つめていると、ショーンはくぐもった声で続けた。

「今、君がどんなに僕を興奮させているか、聞きたいかい？　確かめたいかい、ケイト？」

手が震え、ケイトは彼のシャツのボタンを外すことさえできない。

「君はこうする」ショーンがかすれた声で言い、彼女の手に自分の手を重ねた。「それから、こうするんだ……」彼女の手を持って、自分のシャツを押し開いた。「そして、僕はこうする……」

彼が胸のふくらみを手で覆い、硬くなった頂をもてあそび始めたとたん、ケイトは全身をしならせた。とがった小さなものを舌先で愛撫され、さいなまれて、激しくあえぐ。そんな責め苦に耐えられなくなるころ合いを、ショーンは心得ていた。こわばって官能にうずくその先端を、彼はいきなり口に含み、一定のリズムで吸い始めた。するとケイトは、そのリズムで全身が脈打っているような気分になり、脚を開いて彼に巻きつけたくなった。

ケイトが彼のズボンを引っ張ると、ショーンは手を貸してそれを脱いだ。

「ケイト！」

ショーンの怒ったような声に、ケイトはわけがわからずにまじまじと彼を見た。

「そんなふうにさわられたら、僕はすぐに果ててしまう」ショーンはケイトをたしなめた。「まだ知らない喜びを君に感じさせ、それを見届けるまではだめだ。君を失ってからも、僕は夜ごと君を求めた。それほどまで焦がれた君と一つになるまでは、これをするまでは……」

彼の両手と唇がケイトの体を長いあいだ悠然とさまよったあと、ようやく下腹部の最も敏感な場所にたどり着いた。ケイトは、はっきりそれとわかるほどに震えた。

両脚のあいだの柔らかい肌に彼の唇が這うのを感じながら、ケイトは待ち焦がれ、目を閉じた。彼の手に秘めやかな部分を覆われ、彼女の奥深くでうずく欲望が高まっていく。興奮しきった体の芯《しん》に彼の指が届いたとき、ケイトは喜びの声をあげた。焼けつくような快感に、彼女の五感は爆発寸前だった。

全身が脈打ち、体が反り返る。潤いの中に彼の指を感じると、ケイトは彼の肌に爪を立てた。

次の一瞬、彼女の動きが止まった。体の奥に隠れていた喜びの小さな核を、ショーンの飢えた唇が探りだしたのだ。

ケイトは、体を駆けめぐる感覚をどうにも抑えられなかった。それは彼女を満たし、翻《ほん》弄《ろう》して、声をあげさせた。長く忘れていた世界へショーンによって導かれ、ケイトは腰を浮かした。

それを合図にしたかのように、ショーンがケイトの脚のあいだに体を割りこませ、彼女を腕に抱いた。ケイトは喜んで彼を迎えた。これこそ、体がうずくほど求めていたものなのだから。お互いを独占し合いながら、彼の激しい動きに彼女は満たされた。そして、彼とともに光り輝く世界へとのぼりつめていく。そこでのいっとき、二人は永遠不滅の存在にさえなるのだ。

先にケイトが絶頂を極め、悲鳴をあげた。ショーンにしがみついて体をこわばらせ、彼も一緒に連れていこうとする。自分の中いっぱいに彼を感じたときの満ち足りた感覚がよみがえり、ケイトの目から涙があふれた。

愛し合う者たちにとって、これはどんなものとも比較にならないほど強く、官能的な喜びの行為であると同時に、命を生む行為だ。だからこそ、ケイトはいっそう大きな喜びを感じるのだ。

ショーンも同じ思いをいだいているのだと、かつてのケイトは信じていた。実際、愛の行為へのそうした信念を、彼女がためらいがちに打ち明けたとき、彼も同意したのだった。

その彼が、今は我が子を拒んでいる！

ケイトは苦い自己嫌悪に襲われた。私の誇りや自尊心は、どこへ行ったのだろう？

彼女は、ショーンの体ばかりか、心までが離れていくのを感じた。そして、疲労と苦しみの黒い波に一気にのみこまれた。

ベッドで眠っているケイトを、ショーンは見下ろしていた。バスルームから戻ってくると、彼女はぐっすり眠っていたのだ。苦悩のせいで、彼の目は暗く、表情はうつろだ。愛し合っているあいだは、彼女に子供まで与えた男がいたことを忘れていた。それを今になって思い出し、ショーンはいまいましさに唇をゆがめた。

この腕の中で、彼女はまるでほかの男に触れられたことなどないように、僕に応えた。どれほど、そんなふうに信じたいか。

ケイトの甘い味は今も唇に残っているし、彼女の香りはあたりに立ちこめている。彼女なしには、僕はもう生きていけない。ショーンは悲しい気持ちで悟った。たとえ、彼女の身に起こったことすべてを知っていても！

8

ケイトは物憂げに、ゆっくりと目を覚ました。このうえない歓喜のひとときが脳裏に浮かび、口元がほころぶ。まだ完全に目覚めないままのびをしてから、昨夜を思い出させる痛みに笑みが広がった。幸せいっぱいという気分で目覚めるほど、すてきなことはないわ。

ケイトはうれしくなって、ショーンに手をのばした。

ショーン！　安心感に満ちた温かな世界から、厳しい現実の世界へと一気に放《ほう》りだされ、ケイトの体に痛みがほとばしった。

ケイトはベッドに身を起こした。不安な思いと腹立たしい思いが、頭の中で交錯している。つめこむつもりだった服も、スーツケースも消えていた。もう朝の九時だと知って、いっそう腹が立つ。ここへ来たのは夕方で、それから……。

次々とよみがえる思いを、ケイトはあわてて押しとどめた。こんなにぐっすり、いつまでも寝てしまうなんて。そういえば、ショーンによくからかわれたわ。愛の行為が私を満足させたしるしだから、僕はうれしい、と。

ショーン。愛の行為。二つの言葉が結びつくと、心臓が早鐘を打ちだし、ケイトは憤った。そして自分に言い聞かせた。腹が立ってこうなるのよ。ほかに理由はないわ。

いきなりドアが開いて、ケイトの思いは断ち切られた。

「ママ！」

息子を見て、ケイトはどきっとした。ショーンがどうしても買うと言い張った、胸当てつきのデニムのズボンをはいている。かわいらしいけれど、一方では少し大人びたようにも見え、母親としては複雑な心境になる。

「ぼくたち、ママに朝食を持ってきたんだ」オリヴァーは浮き浮きと言った。

ぼくたち、という言葉にケイトの心は沈んだ。息子のあとからトレイを運んでくるのが、家政婦ではなくショーンであることは、見るまでもなかった。

「ずいぶん寝坊しちゃったね」オリヴァーは責めるように言い、顔をくしゃくしゃにして笑った。「ママ、ぼくがトーストをつくったんだよ。それで、パパが手伝って……」

その瞬間、三人とも呆然《ぼうぜん》とした。ケイトは自分の苦悩より、オリヴァーのまなざしに胸をつかれた。顔を真っ赤にして駆けてきてベッドによじのぼり、うろたえた顔を母親の胸にうずめる。ケイトは思わず、かばうように抱き締めた。幼すぎる彼には、なぜショーンをパパと呼んでしまったかがわからない。でも、そう呼ぶことが適切ではないとわからないほど、幼くもない。

オリヴァーの頭越しに二人の視線が合うと、ショーンは静かにトレイを置き、部屋を出ていった。

庭で遊ぶオリヴァーを、ケイトは居間の窓から見守っていた。これ以上、先送りはできないわ、と彼女は自分に厳しく言い聞かせた。願いをつい口にしてしまった息子の思いが痛いほどわかるだけに、彼女の心は血の涙を流していた。だが、ショーンに望んでいる役割をオリヴァーが無邪気に言葉にしたことで、彼女の決意は固まった。

息子の傷つきやすい一面を見たことは、彼女をこのうえなく苦しめた。息子をショーンに会わせてしまったことで、私はあの子をどれほど傷つけたのだろう？

〝自分の父親を知る子はまれにみる賢い子である〟古くからのことわざはよく知っている。でも、もし現代の科学者にも知られていない父と子の絆《きずな》が存在するとしたら？　オリヴァーの人生にショーンが現れたことで、その本能的な絆が働き始めたということはないかしら？

パパという失言に気づいたときのオリヴァーが見せた反応に、ケイトは涙を流すだけではすまなかった。オリヴァーがきまり悪そうに顔を赤らめている理由には、もちろん気づかないふりをしていた。一緒にトーストを食べようと誘い、きのうの午後、家政婦のところでどう過ごしたかを尋ねただけだ。

ところが、それも失敗に帰したのだ。オリヴァーは、とにかくショーンのことをしゃべり続けた。ショーンが家政婦の住まいに迎えに来て、一緒に帰って、お風呂に入れてくれて、お話もしてくれたのだ、などと。ケイトは悲しい気持ちでそのあとのやりとりを思い出した。

「パ――ショーンが言ったの。ママはとても疲れているから、寝ていなくちゃいけないんだって」

オリヴァーの無邪気な言葉に、ケイトはうろたえた。寝〻て〻い〻な〻く〻ち〻ゃ〻い〻け〻な〻か〻っ〻た〻理由を考えると、胸が引き裂かれそうだった。だが、さらに困ったのは、オリヴァーが期待を込めたまなざしで彼女を見上げ、口を開いたときだった。

「ぼく、ずっとここにいたい。ネルと……ショーンと……」ふっと顔をそむける。

「そうね、ここにいるのはとても楽しかったわね」ケイトは落ち着いた声を出そうと努めた。「でも、仲よしのジョージはどうするの?」

オリヴァーはむきになった。「ショーンがぼくの仲よしだし、ネルだってそうさ。犬は友達になれるんだ。ネルはぼくの犬だよ!」

そしてさらなる言葉がケイトを打ちのめした。

「ショーンがぼくのパパだったらいいのに」

今、窓辺にいるケイトからは、庭師の草取りを熱心に手伝うオリヴァーが見えていた。どうしようもなく苦しくなり、目を閉じる。

ケイトが次に目を開けたとき、窓ガラスに映る自分の隣に、ショーンの姿があった。彼女はさっと振り返った。

「話がある」ショーンは淡々と言った。

「話すことなんて何もないわ」ケイトは辛辣《しんらつ》に言った。「荷造りがもう終わるところなの。それに……あなたは、私がオリヴァーに……あんなことを言わせたと思っているでしょうけど、違うわ。あの子は、ジョージとトムの親子を見ているから……それに父親がいないことがずっと頭に……」

ショーンはケイトの言葉を聞きながら考えた。彼女には新しい名が似合っている。彼女はケイト、大人の女性だ。あの女の子、キャシーではない。それにケイトには、僕を大人の男として反応させる何かがある。キャシーはもういないのだ。離れていたあいだに彼女が成長したことを思い知らされ、ショーンは悲しかった。それだけでもこんなに悲しいのだ。もし、彼女が残りの人生をずっと僕と離れて送るとなれば、いったい僕はどうなってしまうのだろう?

「提案がある」ショーンはぶっきらぼうにきりだした。「というより、申し込みと言ったほうがいいな」

「申し込み？」ケイトはその言葉を吟味した。胃がむかむかする。どういうつもりだろう？　お金を出すからオリヴァーを連れて帰れというの？　そうして父親であることを拒むの？「どんな？」

「わかっていると思ったけどな、ケイト。男女が一夜をともにして、翌朝、男が女にする申し込みとくれば、一つだけだ」ケイトが顔をこわばらせ、まじまじと彼を見つめる。ショーンはうんざりした様子で、ずばりと言った。「僕は、結婚してくれと言っているんだ、ケイト」

衝撃が、ケイトの中を稲妻のように走り抜けた。信じられない思いは、すぐさま激しい苦しみに変わった。「どうして？」

「どうしてだって？　君を妻として取り戻したいからさ。それに……」ショーンはケイトから窓の外へと視線を移し、庭を見やった。「それに、オリヴァーを僕の息子にしたい」

その声は、まるで遠くからガラス越しに聞こえるようだった。ケイトの胸の内で、怒りの言葉がほとばしる。〝オリヴァーはあなたの息子なのよ〟と。だが、口にはしなかった。父親を欲しがる幼い男の子の姿が、痛々しいほど鮮明に頭に浮かんだからだ。ほかのことはともかく、ショーンは、一度こうと決めたらどんなことも全力でやり遂げる。ときには、恐ろしいほどひたむきに。

彼がオリヴァーとの絆を築きつつある様子を、ケイトは見てきた。彼が見せかけだけの関係を結ぶような人間でないことはわかっている。だからといって、息子が今後どんな思いをするかを考えれば、うかつなまねはできない！

「あなたの息子に？」ケイトは冷ややかに問いかけた。「でもショーン、あなたはオリヴァーを息子として認めないと言ったわ。ほかの男性の子だからと。それに――」

「その点を詮索《せんさく》するには、まだ僕の心の準備ができていない」ショーンは厳しい口調で遮った。「君の人生に、君のベッドに別の男がいたと知って、僕がどんな思いでいるか、君にはわからないのか？　僕がいまだに君をどれほど求めているか、ゆうべ、ああなってもわからなかったのか？　僕にできるのは忘れることだけだよ、ケイト。その件を箱にでもつめこんで、二度と掘り起こせないほど深いところに埋めてしまうことだけだ」

「それなら、私だって同じだとは思わない？　あなたは私を裏切ったわ、ショーン」

「彼女のことは忘れてしまえばいい、ケイト。実は、彼女はまったく――」

「まったくどうでもいい女性だった？」ケイトは噛《か》みついた。

ショーンは顔をそむけた。もう一人の女性などまったく存在しなかったのだ、とあやうく口を滑らすところだった。

僕のみじめな真実を知ったら、ケイトはどう思うだろう？　どんな反応を見せるだろう？　僕を哀れむだろうか？　拒むだろうか？　真実を知れば、僕が心底オリヴァーを愛していて、彼の父親になりたいと思っていることも、理解してくれるだろうか？　すべてを打ち明け、この苦しみをわかってほしいとも思う。だが、彼の自尊心がそれを許さなかった。

「オリヴァーには父親が必要だ」ショーンは重々しく言った。「それに僕は――」

「私たちに、情けをかけるというわけ？」ケイトはいらだたしげに言った。熱い思いのこもった彼の言葉に胸を打たれていることは認めたくない。

「違う」ショーンは苦悩を隠し、自嘲《じちょう》の色を目に浮かべた。「僕に情けをかけてほしいんだ」これが真実に即した精いっぱいの言葉だ、と彼は胸の内で言い添えた。

ケイトが黙っているので、彼はさらに続けた。

「親がいないまま成長するのがどんなものか、僕たちはよく知っているじゃないか。オリヴァーは父親を欲しがっている」

ケイトはもう我慢できなかった。オリヴァーに父親はいるわ、と言いたくてたまらない。だが、庭に息子の姿が見える。この申し出に同意すれば、オリヴァーがどれほど喜ぶかはわかっていた。「私……」断りの返事を絞りだそうとするけれど、息子がショーンをパパと呼ぶ声が頭の中でこだまする。

ショーンがどれほど私の心を揺さぶっても、それには抵抗できるかもしれない。でも息子の、あの特別な声には抵抗のしようがない。

ケイトは大きく息を吸った。「いいわ。申し込みを受けるわ。でももし、もし万一、オリヴァーを傷つけたりしたら、その場であなたと別れるから」

すでに背を向けて歩きだしていたケイトは、ショーンが追ってくる足音を耳にした。立ち止まるなり彼に抱き締められ、荒々しく唇を重ねられた。

彼の唇の下でケイトの唇がゆるむ。まだ彼との官能の記憶をたたえている体が、彼女の理性を裏切って柔らかくなる。まるで彼の一部にでもなったように、ぴったり彼の体に合わさって。キスを始めたのは彼でも、長引かせたのは私だ。舌先で彼の唇の輪郭をなぞり、彼の髪に指を差し入れているのだから。

ケイトは、自分の体の上で脈打つ彼の高まりを感じた。見境もなくそれに体を押しつけながら、彼の手が胸のふくらみを覆うのを、とがった先端を探るのを待っている。ところが、ショーンはキスを中断し、彼女を押しやった。

恥ずかしくて急いで立ち去ろうとしたとき、ケイトは彼の静かな声を聞いた。

「オリヴァー！」

自分よりもショーンのほうが息子を意識していたことに、ケイトはショックを受けた。そして、ショーンと抱き合っていた姿を見られていなければいいけれど、と願った。だが、それは虫のよすぎる願いだった。部屋に入ってくるなり、息子はきいた。

「なぜキスをしていたの？」

ケイトが言葉を探しているあいだに、ショーンが穏やかに答えた。「キスをしていたのはね、僕たちが結婚するからだよ。結婚した人は、キスをするんだ」ショーンは膝をつき、オリヴァーに両腕を差しだした。「僕は、君のママに結婚してくださいとお願いしたよ、オリヴァー。次は、君に頼みたい。僕を君のパパにしてくれないかな、オリヴァー？」

オリヴァーはうれしさにぱっと顔を輝かせ、ショーンの腕の中に飛びこんでいった。それが彼の答えのすべてだった。

ショーンが立ち上がり、片方の肩に少年を乗せた。すると、オリヴァーは大声で繰り返した。

「パパ、パパ。もうパパって呼んでいいんだよね、ショーン？」

ショーンがうなずいたとき、その目が濡《ぬ》れて光っているのを、ケイトは確かに見た。

9

ショーンが教会で式を挙げると言い張ったので、ケイトはびっくりした。さらに驚いたのは、小さな教会の入口に立って、通路の先にいるショーンのもとへ歩きだすのを待っているとき、初々しい花嫁の気持ちになったことだ。

ケイトはクリーム色の優雅なドレスを身にまとっていた。オリヴァーの前で腰をかがめると、重厚なサテンが衣《きぬ》ずれの音をたてる。「オリー、用意はいい？」

朝から興奮していたオリヴァーも、今は目を丸くしていささか怖《お》じ気《け》づいていた。元社長のジョンが父親役を務めるが、一緒に通路を歩くのはオリヴァーの役目だ。それはケイトが決めたことで、彼女がそれを伝えたとき、ショーンは目を閉じて静かに聞いていた。

外の暑さも教会の中までは入ってこない。何世紀にもわたって人々が祈りを捧《ささ》げてきたその場所には、時を超越した厳粛さが漂っている。そんな雰囲気のもと、オリヴァーが指先を上へのばして、ケイトの手の中に滑りこませた。

オルガンの演奏が始まり、音が大きくなる。母と息子は、祭壇の前で待っている男性に向かって歩きだした。

あとわずかで彼のところに到達するというとき、オリヴァーがケイトの手を引っ張り、ささやいた。「ママ、ショーンがママと結婚してくれて、ぼくはとってもうれしいよ」

涙があふれ、ケイトは最後の数歩を目をかすませながら歩いた。

彼女が手にしていた簡素で美しい百合《ゆり》のブーケをキャロルが受け取り、オリヴァーの手を取って連れていこうとした。だが、ショーンは首を振ってそれを断り、オリヴァーの手を握った。

ケイトとショーンでオリヴァーを挟み、それぞれが小さな手を握ると、司祭が再び二人を結び合わせる儀式を始めた。夫と妻だけではなく、父親と母親にもするために。


「大丈夫かい？」

祝福の鐘が鳴り響き、降り注ぐ日差しのもとで、ケイトは黙ってうなずいた。

ショーンがおざなりのキスで新妻への献身を誓ったことを、まさかまだくよくよ考えているわけじゃないわよね？　彼と再婚したのは、オリヴァーの父親だから。それだけよ。

ケイトは自分を戒めた。

披露宴は地元の一流ホテルで開かれ、そこから数日間のイタリア旅行へ出発する予定だった。ケイトは反対したものの、ショーンに押し切られた。家族になって、それぞれが新しい役割を始めるには環境を変えて三人だけで過ごす時間が必要なのだ、と彼は断言した。三人の中でいちばん早く適応したのはオリヴァーだった。パパという言葉も、ひんぱんに使うようになった。実際、今もショーンを見上げ、顔を輝かせながらそう呼んでいる。

ケイトの顔が少し曇った。

〝オリヴァーを正式な養子にしたい〟

唐突にショーンが言いだしたのは先週のことだ。ケイトは返事をしなかった。実の息子をどうすれば養子にできるというのだろう?

ケイトはしぶしぶ目を開けた。一糸まとわぬ姿でショーンの腕に抱かれている夢を、終わりにしたくなかったのだ。しかし、スイートルームのこの大きなベッドに、夫はいない。ゆうべ、ホテルに着いてこの部屋を見たとき、彼女は思わず口走った。〝みんな一緒の部屋なの?〟

〝そのほうが君は喜ぶと思った〟

〝ええ、そのとおりよ〟同意しつつも、ケイトは最初の新婚旅行のときとつい比べてしまった。豪華とは言えなかったけれど、あの小さな二人きりの部屋には、お互いへの愛と欲望が満ちていた。

でも、今は今だわ！

それにしても、オリヴァーはどこ？　ショーンがスイートに運ばせた小さなベッドも、やはり空だ。

ケイトは不安を覚え、上掛けを押しやってローブに手をのばした。昨夜は到着したのがずいぶん遅かったので、ショーンに部屋の間取りを説明されても、うわの空だった。オリヴァーがいるので部屋は一階にあるスイートにしたが、周囲の様子はまだ見ていない。だから、今ドアを開けて中庭《パティオ》に出た彼女は、すばらしさに息をのんだ。

このホテルは、かつては小さな宮殿だったという。中庭の向こうには青い水をたたえた広々としたプールが見える。水のはねる音を聞いてそちらを向いたケイトの目は、そこで遊ぶ父と子の姿に釘《くぎ》づけになった。どうやらショーンがオリヴァーに泳ぐよう促しているらしい。

でも、無理だわ、とケイトは思った。オリヴァーが赤ん坊のころから、泳ぎを教えようと彼女はいろいろ手を尽くした。それでも、息子の水への恐怖心はぬぐえなかった。今までは……ショーンが現れるまでは。

認めたくない感情がケイトを襲う。のけ者にされている感じ。嫉妬《しっと》だ。そんな感情をいだいた自分に腹が立つ。ショーンはオリヴァーのために再婚したいと言った。その意味を、彼女は今はっきりと理解した。

の思いが強いに違いない。彼の生い立ちを考えれば、後継者を家族に求める気持ちもわかる。ただ、だからといって、オリヴァーを愛していることにはならない。もちろん、私を愛していることにも。

彼はいつも息子を欲しがっていた。実業家として大きな成功を収めた今は、いっそうそ

ショーンとの結婚は正しかったのだろうか？　それとも、感情に流されただけ？　でも、心のどこか奥深くに、小さな望みが埋もれてはいなかった？　オリヴァーが息子であることを、ショーンがいつかは受け入れるようになるのではないかと。そうしたら彼は……。

そうしたら、彼がどうするというの？

ケイトは二人が戻ってくる足音を耳にした。あわてて、不安感をひとまず頭の外へ追い払う。

オリヴァーがショーンとともにパティオを走り、叫びながら近づいてくる。「ママ、ママ、ぼく、泳いだんだよ！」

飛びこんできたオリヴァーを、ケイトは両腕で抱きとめた。目を閉じて、息子の肌の匂《にお》いや柔らかさを味わい、赤ん坊のころのオリヴァーを思い出す。

「泳ぎを教えていないとは、信じられないな」ショーンの声がした。彼はケイトの腕からオリヴァーを受け取った。それはごく自然な動作だった。我が子を抱く自分の権利を当然のものと受けとめている。

ショーンに嬉々《きき》として従うオリヴァーを見て、ケイトは喉をごくりと鳴らし、自分を戒めた。決して、落胆しているわけじゃないわ。

「教えたのよ」彼女は、言い訳がましく説明した。「でも、赤ちゃんのころからオリーは水を怖がって……」

「だが、もう怖がっていない」ショーンが断言した。「さあ、シャワーを浴びよう、オリー。それから朝食だ」オリヴァーを下ろす。

オリヴァーが声の届かない距離まで離れたとたん、ショーンは言った。

「君の不安をあの子が感じていたせいじゃないか？　子供は安心させてやらなければ」

「子育ての講義をありがとう」ケイトは痛烈に言い放った。「言っておきますけど、ショーン、身ごもった瞬間から私は母親だったのよ」

「そして僕は今、彼の父親だ」ショーンが負けじと言い返した。

彼のその言葉は、短い新婚旅行のあいだずっとケイトの頭から離れなかった。ショーンとオリヴァーのあいだには男同士の絆《きずな》ができていて、自分は疎外されている気がしたからだ。

旅行が終わろうとする今も、止めてある車へ歩いていく二人の様子が気になった。オリヴァーったら、しゃべり方がショーンそっくりになってきているわ。

家に帰った三人は、ミセス・ハーグリーヴズに迎えられた。彼女がショーンに目配せして、二言三言、何か早口でしゃべったのにケイトは気づいたが、あまり深くは考えなかった。

二階に上がったケイトが自室へ行こうとしたとき、ショーンが引きとめた。

「ミセス・ハーグリーヴズに、君の荷物を主寝室へ運んでもらったよ」

ケイトは胃がひきつるのを感じた。ショーンとまた一緒に寝起きすることに強い喜びを感じると同時に、そんな自分に腹が立った。「でも、あれはあなたの寝室だわ」

「僕の寝室だったけれど、今は僕たちの寝室だ」ショーンは冷静に言った。

私たちの寝室。望んではいけない望みが強まり、広がっていく。あらためて感じるショーンへの愛に屈しそうだ。彼は欲望のために私を求めるけれど、再婚はオリヴァーのためだと断言したのだ。

望まれもしない愛を捧げるなんて、そんなみじめなことはしたくない。でも、毎晩彼のそばで眠ることになったら、いつまで気持ちを抑えていられるだろう？「私は、そんな――」

「オリヴァーの前ではやめてくれ」ショーンはケイトを強引に黙らせ、彼女を引き連れて、オリヴァーを彼の新しい寝室へ案内した。

「あれは贅沢《ぜいたく》すぎるわ、ショーン。あんな高価なゲーム機を買ってやるなんて」彼がオリヴァーに操作方法を教えて子供部屋を出たとき、ケイトは文句を言った。

「あれは、指先を器用にする訓練になるんだ」ショーンは屈託なく答えた。「さあ、主寝室を見に行こう」ケイトを促す。

彼がドアを開けたとき、ケイトが最初に見たのは真新しい大きなベッドだった。彼女は目を丸くし、ばかみたいに声をあげてしまった。「ダブルベッドだわ！」

「キングサイズさ」ショーンが淡々と訂正した。

ケイトはうろたえた。ダブルだろうとキングサイズだろうと違いはない。問題は、そこで二人が一緒に寝るということだ。そうなったら、彼に近寄りたい気持ちや、恋人同士だった昔のようにふるまいたい欲求を、とても抑えきれないだろう。

ケイトはくるりときびすを返した。ところが、戸口はショーンの腕でふさがれている。彼は押さえていたドアをすぐに閉めた。そのままドアにもたれ、腕組みをして彼女を見やる。

「あのベッドをあなたと共有するわけにはいかないわ！」ケイトは大声で抗議した。

「どうして？　イタリアでは一緒の部屋だったじゃないか！」

「あれは別よ！」ケイトは言い張る。どうか、見透かすような目をするのはやめて。

「僕たちは結婚したんだよ。それにあのベッドは広いから、充分離れて寝られるさ、お望みなら！」

「もちろん、そうよ」ケイトは嘘《うそ》をついた。まさか、同じベッドに寝ると考えただけで動揺してしまったことまで読まれていないわよね？

「オリヴァーのことを考えろ」ショーンが主張した。「僕たちが部屋を別にしたら、あの子がどう感じると思う？」

私の負けだわ。ケイトは降参した。あとは、破れかぶれの文句をぶつけるくらいしかない。「帰ってきたとき、ミセス・ハーグリーヴズがあなたに目配せしたのは、こういうことだったのね」

意外にもその言葉が打撃を与えたらしく、ショーンは急に顔をしかめた。そして、彼女には理解できない暗い影がその瞳をよぎった。

「ミセス・ハーグリーヴズには言っておいた。明日からは、オリヴァーと五時に軽食をとろう。夕食はあの子がベッドに入ったあとだ。それから、明日、あの子を農場へ連れていくつもりだ。例の子犬たちも、もう母親から離しても大丈夫だろうから。どの子犬にするかはオリーが自分で決めればいい」

午後九時。オリヴァーは新しいベッドでぐっすり眠っている。ケイトとショーンは、ミセス・ハーグリーヴズが用意していってくれたおいしい夕食を食べていた。だが、ショーンの言葉を聞いて、ケイトはにわかに食欲を失った。

「私の知らないところで、いつそんなことを決めたの？」彼女は険悪な顔で席を立ち、麻のナプキンを放《ほう》りだしてテーブルの縁を握り締めた。

「あの子はどうしても犬が欲しいんだ」ショーンが言った。「君も知っているだろうに！」

「まだ飼わせたくないって、言ったでしょう」

「それは、オリーが保育園に行って、君が働いていたからだろう。今は違う」ショーンが指摘した。

よくわからない怒りとみじめさを感じて、ケイトは体が震えた。それが、あの大きな主寝室と巨大なベッドに関係していることだけはわかっている。

「その件は、もうこれ以上聞きたくないわ」彼女は椅子を後ろへ引き、走るようにして部屋を出た。

「ケイト！　戻れ！」

愚かなことに、ケイトが逃げこんだのは主寝室だった。ショーンが追いかけてきて、彼女のあとから部屋に入り、ドアを閉めた。ケイトの顔から血の気が引いた。

「いったい何を考えているんだ？」ショーンが迫る。

「私は五年間、オリヴァーを育ててきたわ。あなたの助けも邪魔もなしに。私はオリヴァーの母親よ……それに……」

「それに、なんだ？　それに、あの子を身ごもるため、ほかの男とベッドをともにしたとか?」

感情むきだしの声に、ケイトは衝撃を受けた。彼がこんなに怒りをあらわにするのは初めてだった。彼女は呆然《ぼうぜん》とした。

「一日でも、一時間でも、僕がそのことを考えないと思うか? くそっ、ケイト、僕が子供をつくれないから、子供をつくれるちゃんとした男じゃないから……だから、君やオリヴァーや、君の相手の男のことを考える資格がないというのか?」

二人は黙って見つめ合った。

ケイトは荒く息を吸い、震える声で尋ねた。「あなたには子供がつくれないって、どういうこと?」

彼女の口の中はからからだった。心臓が巨大なハンマーでたたかれているようで、鼓動が乱れ、激しく打っている。ケイトはショックを受けながらも、ショーンの目に浮かんだ絶望的な苦悩に気づいた。それに、鬱積《うっせき》した思いの激しさにも。

背を向けようとするショーンの腕をつかみ、ケイトは静かに言った。「あなたはオリヴァーの父親なのよ、ショーン」

「いや、違う。そんなはずはない」ショーンは辛辣《しんらつ》に否定した。「僕には子供ができない。医師にはっきりと言われたんだ」

「よくわからないわ」彼の言葉をなんとか理解しようとしながら、ケイトはつぶやいた。

もう引き返せない、とショーンは思った。ケイトの目には、ショックだけでなく、その奥に決意の色が見える。真実を話せと言い張るだろう。ここまで話したのに、今さら隠してどうなる？

ショーンは深々と息を吸った。「医療保険の加入に必要な例年の健康診断で、医者から全身の精密検査を勧められたんだ」肩をすくめる。「まあ、形だけのことだ。僕はそう思っていた。わかりきっていることを書類にするための手続きだ、とね。僕は健康で、すこぶる健全な男だと。だが、検査結果が返ってきたとき、一つ問題が……」

ショーンが口ごもり、ケイトは待った。彼の気持ちを思うとたまらない。しかし、はっきりしているのは、彼が何を言われたのであれ、医師のほうが間違っているということだ。ショーンにはオリヴァーという息子がいるのだから。

「医者が言うには……僕の精子の数はきわめて少なく、子供は無理だろうと。最初は信じなかった。何かの間違いだと思って再検査を要求したくらいだ。だけど、医者が正しかった！」ショーンは目を閉じた。「説明したほうがいいか、ケイト？　君に子供を授けてやれないという事実を医者の前に座って聞かされるのが、どれほど屈辱的だったかを。恥の上塗りをするだけの再検査なんか要求しなければよかったと、どれほど後悔したか」

「なぜ……言ってくれなかったの？」ケイトは乾ききった唇を開いて尋ねた。

「言えなかった」ショーンの声は弱々しい。「子供を授けてやれないと告げたら、君がどんな顔をするかと思うと怖くてたまらなかった。君はものすごく子供を欲しがっていたから」

そうね、ものすごく欲しかった。ケイトは彼に言いたかった。だけど、あなたほど欲しくはなかったわ、ショーン。それでも、彼の気持ちはわかる。子供ができないと知らされて、ひどく苦しんだに違いない。それまでの自信も打ち砕かれたはずだ。

「私にはそのことを知る権利があったわ、ショーン」ケイトは静かに言った。

「僕には、君のために知らせない権利があった」彼が言い返した。

「私のため?」

ショーンは口元をこわばらせた。「僕にはわかっていたからね。もし話したら、君は子供が持てないという事実を受け入れ、そして……母親になるチャンスを犠牲にするだろう。そんなことはさせないと決めたんだ。君を自由にして、別の誰かを見つけられるようにしようと……僕には与えられなかったものを、君が授かるように」

「私を自由にする?」衝撃のあと、ケイトは怒りを感じ始めた。「私を裏切ったくせに」

「違う!」

「違う?」

「女性など初めから存在しなかった。僕は……嘘をついたんだ……君がどう思い、どう反応するかわかっていたから。君は僕との結婚に縛られ、自分を犠牲にして、僕を哀れむだろう。そして結局は、僕を恨むようになる。そんなのは避けたかった。だけど、まさか君が早々と別の男を見つけるとは思わなかったよ。だからそいつとも長続きしなかったのか？」

大きな塊に喉をふさがれ、ケイトはただ首を振るばかりだった。何がいちばんつらいのかわからない。ショーンの苦しみなのか、それとも自分自身の苦しみなのか。「私には、医者の診断なんかどうでもいい。オリヴァーはあなたの子供なのよ」彼女はありったけの思いを込めて言った。「まれに、そういうことは起こるものだし――」

「やめろ！」

何かに憑《つ》かれたような叫び声に、ケイトはたじろいだ。

「僕を惑わすようなことを言うな、ケイト。君も、オリヴァーも、そんなごまかしは必要ないんだ」

青ざめたケイトが何も主張できないでいるうちに、ショーンは再び口を開いた。

「僕の気持ちがわからないのか？　オリヴァーが僕の子ならどんなにいいか！　そうじゃないことが、どんなに僕を傷つけているか！　あの子を見ているだけで、この腕に抱かずとも感じるんだ。愛――いや、とにかく何かを感じる、この胸に。君との子供を持つこと、君に子供を授けることは、本能のように僕の奥深くに根づいていた。だから、僕には与えられないものをほかの男が君に与えたとわかったら、とうてい耐えられないだろうと思っていた。君がほかの男の子供といるのを見たら、頭がおかしくなるだろうと。それなのに……」

「オリヴァーはあなたの子だわ」ケイトは叫び、感情をほとばしらせた。「ショーン、あなたの子よ、あなたと私の」

「やめてくれ、頼むから、ケイト。僕には耐えられない！　どうすれば、そんな嘘をやめさせられるんだ？　こうするのか？」

ケイトは動けなかった。彼に抱き締められ、唇を重ねられて、身を反らした。熱い怒りが二人を一つに溶かし、ケイトの中を、どろどろしたものが矢のような速さで流れていく。怒りから、なぜこんなにも激しい原始的な欲望が生まれるのだろう？　ケイトは心も体もショーンのとりこになっていた。彼の鋼のような腕の中にとらわれながら、自分自身の欲望にもとらわれている。

ショーンがキスをやめて唇を離したとき、彼の胸はせわしなく上下していた。ケイトはもがいて逃れようとしたが、彼に阻まれた。

「この件を考えるのをやめる唯一の方法は、おそらく、僕が与える性の喜びを君にしっかりと刻印することだ。永遠に消えないように」

「離婚を決めたのはあなただわ」

「離婚は決めたけれど、ベッドに君の代役は入れなかった」とげとげしく言う。「その男を、君はどれくらい求めた?」

「ショーン! やめて!」ショックと苦しみに引き裂かれ、ケイトは抵抗した。ほかの男性に身をまかせたとショーンに思われているのがショックだった。私がどれほど彼を愛していたか、彼も知っているはずなのに。

「やめてだと? その男には、そんなこと言わなかっただろう?」ショーンがくぐもった声でなじった。「彼を忘れさせてやるよ、ケイト。僕を欲しくてたまらないようにさせて、彼が存在したこと自体を忘れさせてやる」

すでにショーンは、唇で彼女の首筋を愛撫《あいぶ》していた。昔、ケイトが打ち明けたあの場所をわざとねらって。いつだったか、そこを愛撫されるとあなたが欲しくて体が溶けそうになる、と彼に教えたのだ。

「その男はこうしたのか?」

容赦のない言葉が響き渡り、首筋がうずく。ケイトは涙をこらえ、黙って首を横に振るしかなかった。

「こうされるとどんなに感じるか、そいつには言わなかったのか?」

ショーンの声には不快な響きがあった。わき上がる怒りと苦しみに、ケイトは胸をえぐられた。それでも、彼を安心させたい。わからせたい。彼女にとって、ほかの男が彼の代わりになることなど、一度としてなかったし、これからも決してないことを。それなのに、言葉が出てこない。

「彼はこんなふうにさわったのか、ケイト？　それともこうしたのか？」

破滅的な言葉がケイトをたたきのめし、体を麻痺《まひ》させ、心を凍らせた。彼女の内側に冷たいむなしさが広がり、怒りの触手が彼女の愛をむしり取ると、体がこわばり、完全に彼を拒絶した。

「ああ、なんてことだ、ケイト」

すさまじい勢いで吐きだされた苦悩の声に、ケイトは肌を打ちすえられたように感じた。ショーンは彼女を放し、ベッドへ歩いていって腰を下ろした。そして膝に両肘をつき、てのひらに顔をうずめた。

「僕は、いったい何をやっているんだ？」

両手で顔を覆っているショーンを見ながら、オリヴァーにそっくりの髪だとケイトは思った。そう思ったことで彼女は少し落ち着き、おずおずと彼に近づいた。

「僕はどうしてしまったんだ？　君のこととなると、いつだって嫉妬深くなるのはわかっていた。だけど……」喉から絞りだした声には絶望がにじんでいた。

ケイトは手をのばし、ショーンの頭に触れた。たちまち彼の全身が凍りつく。

「ケイト、頼むからさわらないでくれ。どうしてそんなことをするんだ？」

ショーンの片手が動いて、隠しきれない涙で濡《ぬ》れている顔がのぞいた。彼への愛と同情とでケイトは胸が締めつけられ、彼の手に自分の手を重ねた。

無情にも彼はその手を払いのけ、立ち上がった。「今夜は別の部屋で寝るよ」硬い声で言う。

離れていく彼に明かりが当たり、腿のあたりが張りつめているのがわかった。ケイトの中の原始的な、野性的な何かが、それに反応した。

彼女はさっとショーンの前に出て、彼を見上げた。

「やめよう、ケイト」ショーンは疲れたように言った。「僕にはもう、その気はない……」

「これは?」彼女はショーンを引きとめ、彼の唇を奪ってゆっくりと甘いキスをした。彼が拒むしぐさをしても、あきらめない。「それなら、これは?」唇を押しつけたままささやき、片方の手で体をまさぐる。

彼がいつまでも応《こた》えないので、あきらめかけたとき、いきなり彼が猛然とキスを返してきた。怒っているのではない。まるで彼女に飢えているかのように、激しく攻めたてる。

二人のあいだの怒りが、いつの間にか別の方向へ転じていた。

ケイトは体じゅうに情熱が満ちてくるのを感じた。その情熱によって、永遠に失ったはずの場所へと運ばれていく。

いらだった指に引きはがされた服が、ベッドまで点々と落ちる。いつしか二人はベッドの傍らに立ち、生まれたままの姿で向き合っていた。ケイトが両腕をショーンの首にまわして、熱烈なキスをする。

「ケイト!」

彼女は、胸のふくらみに彼の両手を感じた。そして、その形を確かめるような動きにぞくぞくした。柔らかな重みを手で受けてうっとりしている彼を見て、喜びに打ち震える。血潮に流れる淫《みだ》らな欲望に支配され、今度は彼女が彼を支配していく。熱く情熱的にキスをしたり触れたりして、彼に誘いかけ、両腕で引き寄せながら体を押しつける。自分の意思ではどうにもならない力に、ケイトは突き動かされていた。

ケイトはその力にあらがう気もなかった。両手をショーンの腰へ滑らせ、彼の熱い高まりに指をからませる。

ショーン! 彼女は彼に両手を差しのべ、そのまま上半身をベッドに倒した。

残照は寝室から消えつつあったが、ショーンの顔はまだ見えていた。彼女のふくらんだ胸や、濃いばら色の頂に、目を輝かせて見入っている顔。薄れゆく日の光が彼女の下半身を暖め、下腹部のあたりを浮かび上がらせている。

ケイトは衝動的に、潤った自分自身を撫《な》でた。そうして、その官能的なしぐさにショーンの視線が釘づけになり、瞳が熱く輝きだす様子を見ていた。女性としての喜びが目もくらむほどの興奮をあおり、彼女の中を駆け抜ける。

「ね、あなたの指で……」ケイトは大胆に言った。

彼女の思いが伝わったのか、ショーンがうめき声をあげながら彼女に寄り添った。

ケイトは両脚を彼にからませ、望んだとおりの愛撫を受けて歓喜にあえいだ。ショーンは彼女のクライマックスが近いことを悟り、体を重ねた。

あっという間のことだった。彼女の絶頂はそれほど急で激しく、そのあとで子宮に痛みを感じたほどだ。

私の子宮！

ケイトは涙ぐみながら、首を傾けてショーンに顔を見られないようにした。かつて、これと同じひきつるような痛みを、ショーンとの子ができるしるしだと思ったことがあった。

しかし、彼は自分にその力があることを決して信じようとしない。ケイトにはそれがつらかった。

10

「じゃ、用意はいいか?」居間に入ってきたショーンが、ケイトを見もしないでそっけなくきいた。だが、オリヴァーに対してはかがんで両腕を差しだす。すると、オリヴァーはすぐさま父親の腕の中に飛びこんだ。

愛し合ったあの夜から、私にはずっとこうだわ。よそよそしくて冷淡。ケイトは悲しかった。

主寝室の大きなベッドに一緒に寝ても、彼は背中を向けて眠る。二人のあいだの冷たい空間は、雪に覆われた越えがたい山脈のようだ。彼は全身で、近寄ってくれるなというメッセージを発していた。

それはそうでしょう? 彼にすれば、結婚の目的だったものはもう手に入れたのだから。息子と夫を見ながら、ケイトは寒々とした気持ちで認めた。

「わざわざ診療所まで送ってくれなくてもいいのよ、ショーン」ケイトは言った。「検査は形だけだから。お医者様だってそう言ったわ。それに、すっかり治ったことは自分でもわかるもの」

「あの家を見ておきたいと言ったじゃないか」

「ええ。不動産業者から、すぐにも住みたいという人が見つかったと連絡があったから――」

「あれは売ったほうがいい」ショーンが険しい口調で遮った。

今度はケイトが顔をそむけた。人もうらやむほど裕福なショーンに、どう説明すればいいの？　一生懸命に働いて、あの小さな家を買った思いを。それに、彼には言えない。また同じことが繰り返されるのを、心のどこかで恐れているなんて。また一人にされて、小さな家が与えてくれる安心感が必要になりはしないか、と。

「私は持っていたいの」彼女は答えた。

「きのう、弁護士と話をした」ショーンは話題を変えて立ち上がった。「養子の件で」

オリヴァーはドアへと走って向かっている。聞こえた様子はなかったが、それでもケイトはショーンをにらんだ。そのまなざしを誤解したらしく、車へ急ぐオリヴァーを見ていた彼の顔が険しくなった。

「君に言わせれば、僕はオリヴァーの父親かもしれない。だが、僕にとっては違う。オリヴァーのためにも、法律上の父親になりたいんだ」

あまりに悲しくて何も答えられず、ケイトは彼のあとから車へ向かった。

ショーンは診療所の外に車を止めた。

「あなたもオリヴァーも、来なくていいわ」車のドアを開けながら、ケイトは言った。

ところが、ショーンは診察室までついてきた。

「ご主人の心配はもっともだ」医師がなだめるように言う。「なにしろひどかった。君は、今回のウィルスにいちばんひどくやられた患者だよ」

「たぶん、詳しい検査を……心臓と肺を検査すべきじゃないでしょうか？」ショーンが申し出た。

「朝食のあと、ママ、吐いてたよ！」

思わぬ事実を暴露した無邪気な発言に、大人三人は無言のままオリヴァーを見つめた。

「あれは……夕食のときに飲んだ赤ワインのせいよ」ケイトが気まずそうに説明した。

たちまち医師の表情がやわらぐ。ただ、ケイトには忠告した。「赤ワインは、弱った胃には刺激が強すぎる場合がままある」

「ゆうべ、ワインはほとんど飲まなかったはずだが」病院を出るとき、ショーンが指摘した。

「あんまりおいしくなかったから」

彼がそれ以上追及してこなかったので、ケイトはほっとした。

「車はここに置いて、歩こう。君の家までそう遠くないから」

ごく自然にケイトはオリヴァーをあいだに挟み、ショーンに歩調を合わせて歩きだした。それがよく慣れている道だったせいか、あるいは別のことが頭にあったせいか、ケイトにはわからない。だが、向けるべきところに注意が向いていなかったのは確かだ。オリヴァーが友達の名を呼びながら母親の手を振りほどいたとき、すぐに反応できなかったのだから。何が起ころうとしているか彼女が気づく前に、オリヴァーは道路へ飛びだしていた。大型トラックがオリヴァーに迫っている。恐怖に駆られて息子の名を叫ぶ自分の声を聞きながら、ケイトは走りだしていた。間に合わないと知りつつ。

そのとき隣で何かが動いた。ショーンが彼女を追い抜いて道路へ飛びだし、ラグビーのタックルのように、オリヴァーをつかまえ、自分の体でかばった。

オリヴァーの悲鳴と、ブレーキ音があたりに響く。ケイトはゴムの焼ける悪臭をかぎ、恐怖の味を舌に感じた。大型トラックが止まって、人々が我先に道路へ走り、身動きもせず横たわっている男性を取り囲んだ。

誰よりも先に駆けつけたのはケイトだった。

ショーンはアスファルトに倒れたままぴくりともしない。頭から血を流し、片方の脚がおそろしく不自然な角度にねじれている。意識を失った彼の隣で、オリヴァーは何事もなく横たわっている。息子はショックに目を見開き、泣き声をあげた。「パパ……」

そこらじゅうから人が集まってきた。それに医師が……サイレンが……救急車が。

救急隊員が、ショーンを慎重にストレッチャーに乗せ、救急車まで運んだ。オリヴァーをきつく抱いて、ケイトも乗りこむ。

ショーンの顔に血の気はない。救急隊員が慣れた様子で点滴をセットし、彼の脈拍、呼吸のチェックを始める。それを見ながら、ケイトは失神しそうな衝撃と闘っていた。

「ご主人は体がショック状態にあるんだ」救急隊員の一人がケイトをなだめようと説明した。

苦悶《くもん》の表情でショーンを見下ろしていた彼女は、思わず彼の片手をつかんだ。それは氷のように冷たい……だけど……。自分の心臓が激しく打つのを感じながら、ケイトはモニターが刻む曲線に目を凝らした。

「もうすぐ病院に着くよ。そこには国内でも指折りの救急外来があるからね」優しそうな救急隊員が、誇らしげに言う。「タイミングもよかった。黄金の一時間は、まだあと三十分以上残っている」

「黄金の一時間？」ケイトはうつろな声できいた。

「事故発生からの生死を分ける一時間を、僕らはそう呼ぶんだ。あまり長くかかると……」ケイトが身震いしたので、彼はしゃべりすぎたと気づき、口をつぐんだ。

救急外来に着くと、ケイトの腕から看護師がオリヴァーを抱き取った。彼らの前をショーンが運ばれていく。

「私も一緒に……」

ついていこうとするケイトを、看護師がきっぱり止めた。「診察の準備がありますから。彼の上等な服が切り取られるところなんか、見たくないでしょう？　さあ、お子さんの具合をみましょうね」

奇跡的に、オリヴァーはかすり傷程度ですんだ。いいえ、奇跡じゃない。ショーンが命を懸けて守ってくれたからだ、とケイトは思った。

大きな塊が喉をふさぐ。ショーンの言ったとおりだ。子供を身ごもらせることだけが父親ではない。彼はそれを実証した。それだけじゃない。どんなにオリヴァーを愛しているかも証明した。

医療スタッフはみな親切だった。だが、ショーンの容態の説明を待つケイトにとって、苦悩と恐怖がやわらぐことはなかった。

ショーンの脳の損傷状態を確認するために、脳神経外科医までが呼ばれ、ケイトは恐れおののいた。

一時間がたち、また一時間がたった。オリヴァーはケイトの腕の中で眠っている。ずっと涙をこらえているせいか、目が乾いて痛んだ。永遠とも思える時間が過ぎたあと、外科医長が待合室へ入ってきた。

「あの、私の夫は?」

「片脚を骨折し、切り傷と痣《あざ》ができています。頭部に打撲を受けているので、一時は脳への影響を心配しました」ケイトの表情に気づき、優しい目をして続ける。「運よく、ただのひどいこぶですよ。しかし、それを確認する必要があったので、こんなにお待たせしてしまいました。申し訳ない」

張りつめていた気持ちがゆるんで、ケイトの頬に涙がとめどなく流れ落ちた。

「いろいろな処置にも時間がかかったし、脚の手術もしました。あとは、検査用サンプルの採取が残っていますが、意識は完全に戻っています。息子さんに会うまでは、無事だと言っても聞き入れないでしょう。彼女がご案内しますから」手を振って、そばで待っていた看護師を呼ぶ。

だが、ケイトは動かなかった。動けなかった。ある考えが……希望が、舌をじりじり焦がす。「検査用サンプルって」彼女はあわてて言った。「あの、どうか……お願いできないでしょうか?」深く息を吸ってからきりだす。「夫はオリヴァーをどうしても自分の息子だと認めないんです。でも、息子なの。もしDNA鑑定をしてくださったら……」

外科医長は顔をしかめた。「それは、きわめてまれなケースだな」

「彼はオリヴァーを愛しています」ケイトは夢中で訴えた。「命を懸けてあの子を助けたわ」

「彼の子だという確信は、どの程度あるんです？」外科医長はずばりときいた。

「百パーセントです」

「患者の同意なしに、その依頼は受けられないのですが」外科医長は答えてから、うつむいた彼女にそっと言い添えた。「しかし、その種の依頼を受けるウェブサイトがインターネットにあるはずですよ」

「でも、どうすれば？」

「必要なのは、ごくわずかなサンプルです。たとえば切り取った髪の毛とか」

ケイトは喉をごくりとさせた。「先生は……私がそうすべきだと思われますか？」

「こういう件は、ご本人の判断にゆだねられるべきでしょう」外科医長は真剣な顔で告げた。

ケイトは唇を噛《か》み、看護師について廊下を歩いた。

ショーンは小さな個室にいて、ものものしい医療機器に取り囲まれていた。外科医長が言ったこぶを見たとき、ケイトは大声をあげそうになった。

まるで頭のそちら側が、道路で思いきり引きずられたように見える。実際そうだったのだろうと、ケイトは震える思いだった。

「さあショーン、約束どおり、オリヴァーを連れてきましたよ」看護師が言った。

ショーンの頭が動いたとき、ケイトは自分の気持ちを抑えるのに必死だった。オリヴァーを看護師に渡して彼に駆け寄り、抱き締めたかった。

こんなに大きな人が、こうも弱々しく見えるなんて！　彼の名をささやくだけで胸が苦しくなる。でも、彼は私を見てくれない。ショーンの意識は、すべてオリヴァーに注がれていた。

「パパ！」ふいに目を覚ましたオリヴァーが叫び、父親に向かって両腕をのばした。

「その子をこっちへ」ショーンがかすれた声で言う。

ケイトは少し躊躇《ちゅうちょ》した。看護師がうなずいてみせたので、息子をそっとベッドへ運んだ。ただ、ショーンには渡さず、抱いたまま隣に腰かける。息子がうっかり父親を傷つけたりしないように。

「大丈夫なのか？」ショーンは手を動かして息子に触れながら、ケイトにきいた。

「大丈夫……あなたのおかげよ」声が震える。

今、私が抱いて守りたいのはオリヴァーじゃない、ショーンだわ。でも、彼は私の慰めや愛を必要とはしていない。

「そっとよ、オリヴァー」ケイトは身を乗りだした息子に言い聞かせた。

息子は父親に、音をたててキスをした。

「こんなふうに、日に二度も来ることはないんだ、ケイト」彼女が病室のドアを開けると、ショーンがそっけなく言った。

傷ついた心を隠して、ケイトはほほ笑みを浮かべた。「明日、退院してもいいんですって」

ショーンは顔をしかめた。

「オリヴァーはもう待ちきれないの」

しかめっ面が消える。

「あなたに会いたがって大変なのよ、ショーン」

父親を恋しがる息子をなだめるために、私が何をしたかは話さないでおこう。新しく家族が増えたのは、じきにわかることだわ。ケイトを驚かせ、かつ喜ばせたことに、ラスティと名づけた子犬を、オリヴァーはたちまちのうちに手なずけてしまったのだ。

「脳神経科医に確かめてもらっただろうね、あの子がなんのダメージも受けていないかどうか？」

彼女が見舞うたびに、ショーンはオリヴァーの様子を知りたがった。そして、いくら大丈夫だと言っても、心配し続けている。たぶん、家に戻って、元気すぎるオリヴァーを自分の目で見るまでは、安心しないだろう。

「けさ、弁護士と話をした」唐突にショーンが言った。「養子縁組の書類に署名するのを、君は拒んでいるそうだね」

ケイトはベッドサイドにある水差しを取り、グラスに水を注いだ。病院の匂《にお》いのせいで吐き気がし、水を飲んで抑えたかった。

「拒んでいるわけじゃないわ、ショーン……。あなたがオリヴァーを養子にすることはとても……特別なことよ。だから、事務的にあっさり片づけてしまいたくないの。あなたが家へ帰るのを待って、ささやかなお祝いをしようと思って」

「じゃあ、考え直したわけじゃないんだな?」ショーンはあいまいな答えに満足しなかった。

考え直すには、オリヴァーを身ごもる以前の九カ月前に時を戻すしかない。そう打ち明けたい思いを、彼女はのみこんだ。

ケイトの胸の奥には、眠っている彼から髪の毛を一本切り取った罪悪感が残っていた。あの外科医長から聞いたとおり、DNA鑑定をしているウェブサイトがあり、ショーンとオリヴァーの髪をそこへ送ったのだ。もちろん、結果はわかりきっている。

ケイトの手が自然におなかへ下りた。

外科医長は、ショーンの事故のことで心配は無用だ、とケイトに機嫌よく言った。ショーンは壮健な男性で、あの頑丈な頭蓋骨《ずがいこつ》は道路にぶつけても平気だし、骨折した脚にしても、とても順調に回復しているのだから、と。それでも、こうして病院にいる限り、ケイトには彼が看護を必要としている弱々しい存在に見えた。

ショーンはとくに寂しい顔も見せずにケイトを見送った。この数日間、彼はたっぷり時間をかけて考えた。考えることがたくさんあった。過去、そして未来。

彼にとって、今度の事故はいい教訓になった。自分の最も大切な人たちがどれほどかけがえのない存在で、同時に失われやすいかを知ったからだ。彼にとって大切なのは、オリヴァーとケイトだけだ。本物の父親の愛情で愛するようになった息子と、かつて愛し、今も愛している女性。その二人が、過去もこれからも、何が起ころうと何よりも大切だ。

オリヴァーとケイト。どちらを失うのも、想像するだけでも耐えがたい。オリヴァーの危険に気づいた瞬間、自分が彼の生物学上の父親でないことも、ケイトにほかの男がいたことさえも、どうでもいいのだとわかった。それは過去なのだ。僕には現在がある。そして、あの母子《おやこ》と歩む未来が欲しい。

「というわけで、その脚でサッカーはしないこと。再検査は六週間後です」退院前の最後の検査結果を伝え、外科医長が陽気に告げた。「奥さんと息子さんの待つ家へ帰るのが楽しみですね」気軽に会話しながらも、ショーンの様子を観察している。

ケイトの依頼があったあと、医師はショーンの診察記録をすべて取り寄せて調べたのだ。

その一つには、ショーンに子供ができたとしたらそれは奇跡にほかならない、という専門医の診断記録もあった。

「もっと深刻なことにならなかったのは、本当に運がよかった」外科医長は言った。「しかし、医療従事者である私たちは、しばしば認めざるをえないんです。奇跡は起こるものだとね!」

ショーンは目を閉じた。外科医長に反論する気はない。彼自身、ひそかな奇跡を喜んでいるのだから。

〝いつの日か、君はほかの男の子供を息子として受け入れ、しかも、ケイト以外の誰かをそれほどまで愛せるとは想像もつかなかったほどに、その子を愛するようになるだろう〟

五年前、もしそんなふうに誰かに言われたら、彼は即座に否定したはずだ。しかし、今はそれが、オリヴァーに対する彼の偽らざる気持ちだった。

トラックが走ってくる道路に幼いあの子が立っているのを見た瞬間、僕は、まるで自分が本当の父親であるかのように、深く激しく本能的にあの子を愛していることを知った。オリヴァーは僕の子だ。息子として彼を愛している。だが、法律上は僕の子ではない。ケイトはどんな理由からでも、オリヴァーを連れて僕から去ることができる。

どんな理由でも? ショーンは唇を引き結んだ。ケイトには去って当然の理由がある。僕がその理由を与えてしまったのだ、愛し合ったあの夜に……。

あれが、お互いに燃え上がった結果だとしても、自分を嫌悪する気持ちに変わりはない。言い訳できるとしたら、積もり積もった嫉妬《しっと》に翻弄《ほんろう》されたという程度だ。そんなもの、実際は言い訳にもならない。ショーンは自分のしたことを呪《のろ》った。ケイトも僕を呪っているに違いない。そんなそぶりは少しも見せないが。

病室のドアが開き、看護師がほほ笑みながら入ってきた。その後ろにケイトとオリヴァーがいる。

母親の手を振りほどいて、オリヴァーが駆け寄ってきた。ショーンはオリヴァーの方に顔を向け、自分の気持ちをケイトに知られないようにした。

「家であなたを待つのはいやだって言うから」松葉杖《まつばづえ》を取ろうとする彼に、ケイトは説明した。そして近寄ったが、ショーンは背を向け、助けを拒んだ。

ケイトは青ざめ、看護師がショーンの手助けをするのを見ていた。ショーンのそばで……彼女がするはずの介助役を務めるさまを。ショーンは私と再婚しても、妻として求めているわけじゃない。ケイトは打ちひしがれた。

「ミセス・ハーグリーヴズに、僕の荷物を別の寝室へ移すよう頼んでおいた」

ケイトは、ショーンに背を向けていてよかったと思った。表情を見られないですむ。それでも、きかずにはいられなかった。「でも、オリヴァーはどうするの？　あなたは言ったはずよ……」

「脚が悪いからだと、あの子には説明したよ」ショーンはそっけなく答えた。

そんなの言い訳よ！　もう、私と同じ部屋で、同じベッドで寝たくないのね！

今、二人は玄関ホールにいて、ショーンは松葉杖に寄りかかっていた。オリヴァーはといえば、子犬を父親に見せたくて、なんとかつかまえようと部屋を走りまわっていた。

「犬を買うなんて、君、気が変わったんだな」ショーンはケイトを見て、あざけるように言った。

「女だもの。気が変わるのは当然よ」ケイトはできるだけ軽い口調であしらった。だが、オリヴァーに子犬を飼わせるのに今がいちばんいい時機だと考えた理由は、ほかにもある。ショーンは気づいたかしら？　この子犬が、オリヴァーのためにと、ショーン自身が選んだ子犬であることに。しかし、彼は何も言わなかった。自分に対する彼の気持ちを知ったあとだけに、彼女はひどく落胆し、傷ついた。

「二階まで手を貸すわ」

ケイトがそばに寄ったとたん、ショーンはあとずさった。拒絶の姿勢をはっきり示されて、ケイトは凍りついた。そして、熱い屈辱の涙を見られないよう、ショーンに背を向けた。

11

胃がむかむかするので、ケイトは枕《まくら》に頭を戻して目を閉じた。ショーンが寝室を別にしたのは、たぶんいいことだったんだわ。

今日はショーンの誕生日。ケイトはビスケットに手をのばした。このあいだ彼の誕生日カードを買いに行ったとき、自分に買ったものだ。

彼女は吐き気がおさまるのを待ってから起き上がり、息子のところへ行った。

オリヴァーは、まるで自分の誕生日が来たようなはしゃぎぶりだった。彼は、きのう母親と二人で丁寧に包んでおいたプレゼントを取りに行った。

二人が朝食用の部屋に入ると、ショーンはもう座っていた。オリヴァーが父親に駆け寄り、膝によじのぼって叫ぶ。「お誕生日おめでとう、パパ！」

ケイトは気持ちを悟られないようにうつむき、オリヴァーが興奮して落としたカードを拾った。そして静かに言う。「お誕生日おめでとう。ギプスが取れたから、二重のお祝いね！」

彼のギプスはきのう外されて、外科医長が脚の治り具合に太鼓判を押してくれた。

「プレゼントがあるんだ！」オリヴァーは、ショーンの膝に座ったまま叫んだ。

ケイトはカードと包みを渡した。

「こっちを先に開けてね……ぼくのカードだよ」オリヴァーが指示する。「ママのカードもあるよ。ラスティのも。あいつ、足形を押したんだ」はしゃいで言う。「ママがね、特別のどろどろをつくったの。二人であいつの足をそこに突っこんで、それでカードに押したんだ！」

「特別のどろどろ？　それはうまくやったな！」

私に向けた彼の目は、本心からのおかしさで輝いているのかしら？　ケイトの心臓がぴくんと跳ねた。

「きのう、ママのジーンズに変なしみがついていたのは、そのせいか？」ショーンが魅力的な声できいた。

「何度か失敗したのよ」

ケイトは笑った。しかし、ショーンは笑っていなかった。彼はオリヴァーのカードを見ている。しばらくしてから顔を上げ、ケイトを見た。

「それ、気に入った、パパ？」オリヴァーが彼の腕を引っ張りながら尋ねる。

「大いに気に入ったとも！」ショーンが請け合った。「でも、君のほうがもっとお気に入りだ、オリー」

ショーンがカードを置いてオリヴァーを抱き締めると、ケイトはそのカードを取って、テーブルに立てた。オリヴァーの字はまだつたないが、父親へのメッセージはすてきだった。〝いっぱいあいしてるよ、パパ〟

「今度は、ぼくのプレゼントを開けて」オリヴァーがせかす。

ショーンが包みをはがす様子を、ケイトは見守った。それは彼女が彼ら二人を撮った写真で、写真立てにおさめられている。ショーンが写真を見つめているあいだ、ケイトは息を殺していた。わかるかしら、二人がとてもよく似ているって？

たとえわかったとしても、ショーンはそのことを口にするつもりはないようだった。

ケイトとラスティのカードも開かれた。ショーンは真剣な口調でオリヴァーに言った。

「誕生日のお茶会で、オリヴァーとケイトが焼いてくれたケーキを食べるのが楽しみだな」

ケイトは何も言わなかった。

「ママは、パパにプレゼントはないの？」突然オリヴァーが声をあげた。

「あるとも、オリー」ケイトが口を開くより先に、ショーンが答える。「ママはとても、とても特別なプレゼントをくれたんだ。世界一のね」

「どこにあるの？」オリヴァーは目を丸くした。

ショーンは、彼の頭越しにケイトを見た。「君だよ。ママは、僕に君をくれたんだ」

オリヴァーへの愛情を語る言葉を、ケイトはうれしく思うべきだった。もちろんうれしい。でも、心のどこかに痛みを感じる。知りたくはない事実が、さらにはっきりしたからだ。ショーンが私を必要とするのは、オリヴァーが欲しいからにすぎない。

ケイトが、愛する男性とのあいだに望んでいる関係は、そういうものではなかった。

ケイトはさっと立ち上がった。

彼女からショーンへのプレゼントは、彼がオフィスとして使っている部屋に置いてある。それを見れば、彼は知るのだ。オリヴァーを手に入れるのに、私までそばに置く必要はないことを。

「ケイト、どこへ行くんだ？　まったく朝食を食べていないじゃないか」

ケイトは振り返ることなく答えた。「おなかがすいていないの」手が自然に腹部へとのびる。

彼女が行ってしまう。ショーンは苦い思いを嚙《か》み締めた。食欲がない？　それとも、僕のそばにいるのがいやなのか？

朝食を終えると、ショーンはオリヴァーを庭へ連れだした。子犬も一緒だ。ケイトは知っているのだろうか？　彼女が選んだのは僕が選んだ犬だと。

並んで歩くオリヴァーが、うれしそうに話しかけてくる。ショーンは、彼が生まれたときその場にいなかったことや、それ以後の数年間を失っていたことに、胸をえぐられる思いがした。大きな手で、オリヴァーの小さな手を握り締める。僕の子だ。だが、彼をいちばん大切なプレゼントだと言ったのは、真実の一部でしかない。

オリヴァーは大切だ。とても大切だ。しかし、ケイトの愛も同じくらい大切なのだ。あの日以来、彼女にひどいことをした自分を嫌悪して、眠れない夜が続いている。僕と同じ部屋にいることに彼女が耐えられないのも当然だ。

昼前、ショーンがオフィス部屋に入ると、デスクに大型の白い封筒がのっていた。彼は眉をひそめてそれを手に取った。見覚えのあるケイトの文字が書かれている。

「あなたに。そしてオリヴァーのために」

眉をひそめたまま、ショーンは開けてみた。取りだした中身を読み、また読む。それからもう一度。ショックのあまり目がかすむ。

ショーンはついに知ったのだ。彼自身がオリヴァーをこの世に誕生させたことを。その絶対の証拠となる二人のＤＮＡに関する記述を、ショーンは何度も何度も繰り返し読み、ようやく納得したのだ。

〝奇跡は起こるものだ〟あの外科医長の言ったとおりだった。ところが、奇跡がもたらした現実を理解するにつれ、ショーンはこの奇跡にひどい代償を支払わされたことに気づいた。

ほかの男と関係していないというケイトを、僕は信じなかった。信じることを拒んだばかりか……。

ドアの開く音が聞こえた。

ケイトが入ってきて、ドアを閉めた。デスクに目をやってから、彼を見る。

「読んだのね？」

「ああ。だが、見なければよかった！」

ケイトは吐き気を覚えた。何を言いだすつもり？「どうして？　オリヴァーがあなたの子だと証明されたのに！」

「こんなものがなくても、オリヴァーは僕の息子だ！」ショーンは険しい口調で言った。「僕があの子を必要とし、求めているすべての理由は、この胸の中にある。事故に遭うまでそれがわからなかった僕は愚かだったが、それにしてもケイト！　こんなものには……」報告書を荒々しく持ち上げる。「なんの意味もない！」

ケイトはショックのあまり口がきけなかった。

「オリヴァーには、僕の愛情が、ここから来ているのだと知って成長してほしい」ショーンは自分の胸を指した。「こんなものじゃなくて！」怒って紙をデスクにたたきつける。

「病院では考える時間がたっぷりあった。それで、僕は受け入れることができたんだ。愛は……本物の愛情は、ほかのすべての感情を乗り越えると。嫉妬《しっと》や疑いや恐れを乗り越えられると。僕は昔と同じく、今も君を愛している。僕のたった一人の女性として。僕が人間として完全になるのに必要な、僕の半身、魂の伴侶《はんりょ》として。何があろうと、それは変わらない。そして、心の息子であるオリヴァーを、僕は愛している。これは……」報告書を指す。「僕が君と君の信頼を、一度ならず二度までも傷つけた証《あかし》でしかない。僕の身勝手と愚かさから、君とのあいだに壁をつくった証にしかならない」

めまいを覚え、ケイトはショーンを見た。「私を愛しているの？」

彼は顔をしかめた。「君が受けとめてくれるなら」

「まあ、ショーン！」涙で視界がかすむ。ケイトはそれでも前へ、一歩、また一歩、彼に近づいていき、両腕をのばした。「ええ、あなたと、あなたの愛が欲しいわ」こみあげる思いに喉がつまる。「愛しているなら、どうして私を拒んだりしたの？」

ショーンの浅黒い肌に赤みが差した。「僕は……なんとなく……。愛し合ったあの夜……くそっ、ケイト、何もかも言わなくちゃわからないか？　僕は自制心を失って……」

ケイトは、指をそっと彼の唇に当てて黙らせた。「自制心を失ったのはお互い様よ、ショーン。そのおかげで……」ためらいがちに続ける。「ねえ、本当なの、ショーン？　本当に私を愛している？」

「答えるまでもないだろう？」ショーンはうなって彼女を引き寄せ、うつむいたその頭にキスをした。

「だって、私のためだけにきくんじゃないもの」ケイトはゆっくり答えた。

ショーンが彼女の顎に手をやって顔を上げさせ、探るように目をのぞきこむ。私が何を言おうとしているか、彼にはわからないんだわ。ケイトは思った。

「オリヴァーのためだと言いたいのか?」ショーンは困惑ぎみに尋ねた。「僕があの子を愛していることは、知っているだろう」

「いいえ、オリヴァーのためじゃないの。でも、いい線だわ」

ケイトがその先を促すようにショーンを見つめていると、彼は苦しげな声をあげ、開きかけた彼女の唇へ顔を寄せた。

長く続くキスは、多くを語った。愛と献身を誓い、悲しみと後悔を分かち合って、キスがようやく終わったとき、ショーンがきいた。「ま、まさか、妊娠しているとか?」

ケイトはからかうような目をした。「どうしてまさかなの?」彼女はいたずらっぽく肩をすくめたものの、興奮は隠しきれない。「最新の研究によれば、女性の体は、愛する男性の精子をなんとしても受け入れようとする能力があるそうよ。それにね、ショーン、結局のところ、必要なのは一つだけよ!」

ショーンは指先で彼女の頬をそっと下へなぞった。「とにかく、忘れられない誕生日になった」

「まだ終わっていないわ」ケイトは思い出させ、含み笑いをしながら言う。「妊娠した女性が、いろいろと欲しがるのは知っている?」

ショーンは素直にうなずいた。

「私が欲しいのはあなたよ、ショーン」ケイトは優しく言った。「それにね、オリヴァーの妹に疑われるのはいやでしょう? 自分の母親を父親は愛していないんじゃないかって」

「オリヴァーの妹だって?」数時間後、ショーンは肘をついて頭を支え、ケイトの顔をのぞきこんだ。

ケイトの口元は官能の喜びに満ち足りてほころび、目は愛情と幸福感に輝いている。

「ええ、女の子だと思うから」彼女はいとおしげに答える。「オリーに子犬を飼わせたのは、妊娠したからなの。どの家庭だって、赤ちゃんは一度に一人で充分でしょう!」

ショーンはまた彼女を抱き寄せた。「ああ、ぞっとするよ。僕が失いかけていたものを思うと。君のいない数年間に、僕が失ったものを考えると。ありがとう、僕のしたことを許してくれて。君とオリヴァーのいる人生を、僕に与えてくれて」

「あなたが何を思っていたのかがわかって、すべてが変わったわ。とくに、オリーとの絆《きずな》を深める姿を見て。もちろん、彼を実の息子だと信じないのはいやだった。でも考えてみれば、その気持ちも理解できる。それにね、たとえ認めたくなくても、あなたを愛するのをやめたことは、一度もないもの！」

「今後も、僕を愛することをやめるなんて許さないよ」ショーンは静かに言った。「そして僕は、絶対に君を愛するのをやめたりしない」

エピローグ

「赤ん坊は一度に一人でいいと、たしか言わなかったか？」

ケイトは困ったような顔をショーンに向けた。そして夫婦は、病院のベビーベッドを二人で分け合っている、そっくりの赤ん坊を見た。

その日、娘たちは十分間の間隔をおいて誕生した。ショーンは、オリヴァーを連れてきて妹たちに会わせたあと、彼を家へ連れて帰り、ミセス・ハーグリーヴズに預けた。それから、ケイトの待つ病院に戻った。

「こんなことは起こりえないと、あなた、たしか言わなかったかしら！」ケイトはとんでもなく感傷的になって、目が潤むのを感じた。彼の目を見て、男としての誇らしさと出産に苦労したケイトへのいたわりの板挟みになっているのがわかったからだ。

双子を身ごもっていると知った瞬間から、ショーンは彼女のことをとても心配していた。だが、今は……。

ショーンはそっと彼女の手を取り、口元へ運んだ。「君がいなかったら、こんなことは起こりえなかった。君は、ほかの男と恋をして、子供を産むことだってできたんだ、ケイト。だけど僕は、相手が君でなければ、子供はできなかった」

どうかしているわ、とでも言うべきだったのだろう。だが、ケイトは何も言わないことに決めた。この瞬間を、死ぬまでずっと大切にするつもりで。

「ラスティったら、また例のカードを送ってきたのね」ケイトがからかった。「足形が三つも押してあって、そのうち二つはピンクよ！」

ショーンが笑った。「正直に言うよ。あのカードをつくるのに、着ているものは台なしになるし、ミセス・ハーグリーヴズには出ていくと脅された！　だけどオリヴァーが頑固でね！　まあ、双子の魅力に負けてミセス・ハーグリーヴズも考え直してくれたようだけど」

赤ん坊たちはそろそろ目を覚まし、母乳を欲しがるだろう。でも、この子たちの父親に、私がどれほど彼を愛しているかを伝える時間はまだあるわ。ケイトはゆっくりと、彼の唇に自らの唇を重ねた。

●本書は2006年1月に小社より刊行された作品を文庫化したものです。

愛を捨てた理由

2024年11月1日発行　第1刷

著　者　ペニー・ジョーダン

訳　者　水間　朋（みずま　とも）

発行人　鈴木幸辰

発行所　株式会社ハーパーコリンズ・ジャパン
東京都千代田区大手町1-5-1
04-2951-2000（注文）
0570-008091（読者サービス係）

印刷・製本　中央精版印刷株式会社

定価はカバーに表示してあります。

10月25日発売　ハーレクイン・シリーズ 11月5日刊

ハーレクイン・ロマンス　愛の激しさを知る

ジゼルの不条理な契約結婚　アニー・ウエスト／久保奈緒実 訳
《純潔のシンデレラ》

黒衣のシンデレラは涙を隠す　ジュリア・ジェイムズ／加納亜依 訳
《純潔のシンデレラ》

屋根裏部屋のクリスマス　ヘレン・ブルックス／春野ひろこ 訳
《伝説の名作選》

情熱の報い　ミランダ・リー／槙　由子 訳
《伝説の名作選》

ハーレクイン・イマージュ　ピュアな思いに満たされる

摩天楼の大富豪と永遠の絆　スーザン・メイアー／川合りりこ 訳

終わらない片思い　レベッカ・ウインターズ／琴葉かいら 訳
《至福の名作選》

ハーレクイン・マスターピース　世界に愛された作家たち　〜永久不滅の銘作コレクション〜

あなたしか知らない　ペニー・ジョーダン／富田美智子 訳
《特選ペニー・ジョーダン》

ハーレクイン・ヒストリカル・スペシャル　華やかなりし時代へ誘う

十九世紀の白雪の恋　アニー・バロウズ他／富永佐知子 訳

イタリアの花嫁　ジュリア・ジャスティス／長沢由美 訳

ハーレクイン・プレゼンツ作家シリーズ別冊　魅惑のテーマが光る極上セレクション

シンデレラと聖夜の奇跡　ルーシー・モンロー／朝戸まり 訳

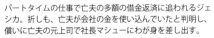